原初的彼岸

潘國靈 著　　陳志堅 編

中華書局

目錄

編者序：消失的過渡者／陳志堅 —— 5
被背叛的小說 —— 37
病娃 —— 51
一把童聲消失了 —— 65
遊樂場 —— 85
失落園 —— 109
距離 —— 127
光與影之訣離 —— 141
遊戲 —— 155
巴士無窗 —— 169
波士頓與紅磚屋 —— 179

信者與不信者之旅——199
無休止縮小——209
石頭的隱喻——217
面孔的皺褶——237
悲喜劇場——253
俄羅斯套娃——283
不動人偶——297
分裂的人——309
潘國靈創作年表——326
蔣曉薇談潘國靈的作品——329
撿拾記憶　一個孤讀者的洞穴穿行
編後記——343

編者序

消失的過渡者／陳志堅

末後：幻化石頭

我或者可以融化一個冰川／但我無法打動一塊石頭／尤其那是頑石／柔腸要多久才變成鐵石心腸／你曾經好像一片大海／讓我在上面徜徉／是什麼把大海變成硬地／抽乾了水份也蒸發了感情

——〈我的命運是一塊石頭〉（選段），潘國靈

「原初的彼岸」相信是潘國靈腦海中的熟語（見於《親密距離》跋），從《傷城記》、《病忘書》、《靈魂獨舞》以至近年的《離》，個體的主體

性以至城市覺察，潘國靈一直以敏銳的觸感持續地在處理自己與他人、自己與城市、自己與自己的狀態，以一種尋找「原初」的渴求，並以客體方式重新審視自己與自己的距離，和當中的各種可能與不可能、限制與想像，而至第一部長篇《寫托邦與消失咒》可以說是潘國靈書寫的高峰。我不知道潘國靈在書寫小說時，是否如《城市學》中波希米亞流浪者觀察城市的方式來審視自身的存在，但至少這種近乎剖析個人的書寫既深入骨髓，也抽離地在閱讀自己，同時也在展現小說的創造，毫無疑問，對於潘氏書迷而言，閱讀快感不僅猶如在解讀着潘氏的命途筆記，觀看潘氏小說裏的人物群像，更可以說在閱讀過程中，讀者亦必然經常地進出各種自我生命的困倦與釋放，而「被捲入複像與疊影之間」（洛楓語），和作者一同重新發現此岸（相對於彼岸）那初熟果子的味道。

編彙潘國靈這書的複雜意義，在於選取作品的同時，怎樣發掘在潘國靈文字世界裏的原貌（其實無所謂原貌），基於本書以「成長」為主題，讀者不能只閱讀潘國靈印象，更要像一層層地打開俄羅斯套娃般，在文本互涉或互文本的複雜想像中，剖析潘國靈哲學，思想解構，從而了解潘氏的哲學內韻。然而，我們只能理解到第六層，因為第七層既是完全的數字，又「最核心的部分為靈魂居所，完全對外封鎖。」（〈俄羅斯套娃〉）故此，誰能完全理解「分裂的人」?除了潘國靈自己。事實上，我們也不必按作者中心論來還原作者的寫作意圖，亦無法藉先驗知識作過度推論，因而導致閱讀後產生所謂意圖謬誤;寫作本來有按自身的經驗訴說，亦可以是虛擬的陳述，目的是要說明某些延伸性的社會意義，或者其他的種種可能，可以說，潘國靈小說中的人物，非一定是作者的原型，更可能是社會群像下的某員，某個地方或某個空間下的人物，然而，對讀者來說，在「成長」的主題意識下，能解構潘國靈的隱喻式書寫無論是文學迷宮還是文字符碼，在潘氏哲學中反照個體而成為個人的生命補遺與延續，那就是當中的最大意義。

(四)「靈」魂之始

我在玩一個遊戲：/試圖看怎樣將自己悶死/譬如不斷重複一個動作、一種節奏/但弔詭來了/我不能夠讓遊戲成功/一旦成功我會喜悅/一旦喜悅我就沒有悶死/遊戲也即告失敗/於是翌日起來/我又重複一個動作、一種節奏/一種叫做寫作的生活

——〈遊戲〉(選段)，潘國靈

為什麼我們會看見「成熟的少年」，也會看見「無知的成年」？不論國籍，不分種族，「成長」這回事，不因年齡設限，而在任何年齡中不斷地進行着。除非你拒絕，拒絕的原因亦只有一個，如C.S.Lewis魯益師所言，人類最大的罪不是殺人、姦淫，而是驕傲，驕傲非指向自大或「認叻」，而是自以為是的態度，自我中心的極致，從而拒絕自己有可能犯錯，縱然犯錯，也不肯承認。所以說，「成長」不純然是年輕事，而是所有人一生的歷程，不斷的自我尋找、挖掘、發現與補遺，從而嘗試構建生命的完整。不過，我們不得不承認，「成長」之於所有人的意義或指涉似乎已是既定的，絕大部分人皆認同「成長」自有它美好的價值，我們都相信「成長」的美好意義。然而，在潘國靈的哲學世界中，或者你又會看見，「成長」似乎非必然美好，除了美好本身，它亦可以令生命權力完全喪失，而為求追逐「彼岸的風尚」致使最終墜入永劫回歸的失落之中。

著名的成長小說有如沙林傑《麥田捕手》、卡勒德．胡賽尼《追風箏的孩子》或奧斯特洛夫斯基《鋼鐵是怎樣煉成的》，主角都在經營外在世界。有別於一般成長小說，潘國靈不是刻意以成長作為小說命題，然而，成長這主題在潘國靈的小說中，又以一種對生命的哲學省思、自我叩問、還原生命權力的方式再現，由此岸到彼岸、過渡與消失、線性與迴環往復，可以說，每一部小說出版，就是一次生命的蛻變。

〈一把童聲消失了〉就像半自傳式書寫，「每個人一生都有多條界線要跨越，由母親體內跨進世界。」小說從自身的記憶觀照從前，對於就讀聖保羅書院的潘國靈，這彷佛是典型的男校成長日記，但小說自有生命，小說人物亦不等於作者自己，反而是一種新的故事呈現。「但『我要自立了』這句話背後，象徵了如嵐懵懵懂懂的成長意識。」「如嵐」這種意識的發現，是少年時期最隱蔽的自我發掘歷程，所謂自立，從原本「低調、沉默、自閉」的性格到後來被欺侮而忍不住出拳反擊，都可說是一次成長蛻變。可以說，成長過程就是要讓石頭變得更有石頭性，其中包含男性特徵、形象、喜好，甚至是信仰的牽絆，童聲消失也標誌着歲月的轉變。如嵐表面的沉默，內裏卻有翻騰不絕的性情。由於內外反差愈大，分裂愈深，不要說怎樣面對外來的質疑，其實內裏根本拼命滾動，在對抗這容易使人難堪的世界時，幾乎無可避免地一次再次作出自我懷疑、質問與對抗，這或者可以說是「消失的雛形」。對於大部分人而言，成長嘛，著名學府、高薪職業、成家立室、生兒育女、退休富足，以上名詞加起來，名為「人生理想方程式」，但對於小說中的如嵐，他更重視的會否是自我存在的本質？

而筆者從小在灣仔出沒，修頓球場是筆者年少時的遊樂之地，也覬覦波士頓餐廳的高尚只曾一次進入，作為中學生亦曾一年一次代表在紅磚屋參加崇拜，對筆者來說，除了記憶，身體的感覺也是第一身的。故此，當閱讀到〈波士頓與紅磚屋〉中那曖昧性書寫，就會發覺潘國靈除了具象地在書寫地域景況，也特別懂得把你與我、表與裏、個體與地方、過去與現在、安頓與變幻等對立關係的結構消融，從而呈現更真實的複雜性意義。「我」與初戀情人阿飛那《重慶森林》式的戀愛，直至小說後來寫阿飛真實地飛往波士頓，戀愛終於如五月一日的鳳梨罐頭般過期了：「我們彼此的命途好像一個大交叉，相交一刻，爾後是愈發遙遠的距離，直至無限大。」然而，兩地的「波士頓」和「教堂」在小說中呈現了時空對視，跨越了戀愛本身而遊走於物質食糧與精神世界的界線，時空交疊有如前世今生，曾經的、後來的與再後來的我們彼此接引，比起戀愛本身，小說更重視的是不同文化符碼的抉擇與變換，也是小說最精彩之處。這篇地方小說，也可說是成長小說，涉及處理個體、愛情、城市、消失、原初等關乎「存在」的母題，在重新察驗憨直的戀愛、異域的抉擇、精神的寄生之外，也關注了個體孤獨的感受，「她是不會來的了。」這完全是個人在時空交錯下遺留給自己心房的叩問。她雖然沒有回來，而「我」亦沒有打算飛往波士頓？到底小說的主角最終打算把關係寄託於不可靠的記憶，還是，選擇相信孤獨的必然而非偶然，那就留待讀者自己考慮和想像吧。

既然是兩地差異，那就是時間、空間與思想「距離」的考量。我們知道城市善於孕育孤獨的人，或者說孤獨根本就是城市學。潘國靈的寫作往往涉及城市書寫，又不僅止於城市小說。潘國靈在分享何為城市小說時，曾這樣寫道：「明顯以城市為書寫對象，把城市提昇為小說主體或主角的作品。」（〈城市小說——不安的書寫〉，《城市文藝》）城市既為主體，作品中必然關注到城市人的來歷、行事、關係、相處、現在與將來，而在距離與距離之間，親密與疏離之間，眾樂與孤獨之間，城市人的感受如何持續地變化，將會是小說所關注的命題。〈距離〉中的看更伯伯、洗衣店老闆娘和茶餐廳哥哥，除了如一般群眾式的出現，三者在小說中的地位很微妙，「我知道你是知道了。」他們對「我」的理解未必流於生活表象，對「我」的狀態有機會掌握更多。「我與你」最親密，偏偏愛情來得太快（離得太快）就像龍捲風，親密與否，存在多久，距離多大，藉三位群眾的敏銳感，我彷彿變得「無所遁形」。「我」知道你是知道了，潘國靈以視點轉移的敘事觀點方式剖析「我」的存在與精神狀態。事實上，他人（群眾）對於自己的解讀未必真實，我對他人怎樣知道或讀懂自己亦同樣可以虛假，而小說要處理的距離，除了是「自己與女伴」之間，更衍生了「自己與他者」、「女伴與他者」、「自己與家人」、「新的自己與女伴」的關係，而最終必然要處理的，其實是「自己與自己」的距離。親密的人存在疏離的關係，疏離的人存有特殊關係，親密不見得，疏離更見親密，潘國靈除了在寫親密距離，也在寫親密疏離，在疏離的關係中見「知道」了的幽微，身體、關係、相處和認知，沒有既定的距離，而在反照中更見現實中不確定的弔詭性，可以說，不確定的人物狀態似乎更加是潘國靈小說中想呈現的特殊意義。

（三）「靈」魂不安

> 由極端美學／到生活日常／常常覺得／不可能再寫下去了／但靈魂有一種力量，不肯撤退／我不知道它的名字／乾脆就叫／靈魂不安
>
> ——〈靈魂不安〉（選段），潘國靈

傅柯（Michel Foucault）提出的異質空間（heterotopia），或「異托邦」（其中有所

分別），是他在文化理論和哲學中所提出的概念之一。異質空間指的是存在於現實世界中的特殊地點或場所，具有與周圍環境不同的性質、功能和秩序。我們可以理解異質空間為社會和文化中的一種反射，同時也是與主流空間規範不同的特殊領域。而主流空間與異質空間是相對的，異質空間受着規模與制約，固然有時反過來成為主流空間的制衡，所謂對抗主流的力量（Counteraction）。同時，異質空間之所謂域內和域外，兩個概念描述了一種特殊的空間實踐和體驗，挑戰了傳統的空間觀念和結構。域內是指具有特殊規則和功能的實際物理空間，這些空間在社會和文化中被界定為特殊的、異常的，並在其中有一些特殊的行動、行為和規範，故此，通常涉及權力、規訓、監控等意義，例如醫院、監獄（傅柯認為：「整個社會就是一個監獄。」）、學校、博物館、圖書館、墓地或遊樂場等。它們被設計用來控制、管理和約束人們的身體和行為，並建立特殊的權力結構和社會秩序。而域外則指那些破壞或逸出傳統空間結構的異質空間，這些空間可能是暫時的、臨時的，或者是經驗上的逃逃、對抗和挑戰，它可以是有形的實質環境，亦可為個人提供了一種與主流規範和權力結構不同的體驗和表達方式，例如個人房間，咖啡館等。它亦可以是身體和思想的自由空間，或是對抗社會壓力和規訓的專屬場所，更可以是非物質場所，如文學作品、藝術作品或虛構世界。

潘國靈小說中的人物常處於「懷疑」的狀態，且不是靜止的，而是實驗性地持續變化之中。為了展現這方面的人物特質，潘國靈注意到小說的內容與形式之間的關係。首先，潘氏小說重視場域，如巴士車廂、遊樂場、圖書館等（這方面早有學者論說），這些空間所展示的社會表象，其實都表現小說角色在社會中的游離狀態。小說〈巴士無窗〉中的巴士，潘國靈稱之為玻璃箱，一個密封、隔絕、被觀看的空間，人物在其中不是完全自主的。一般來說，玻璃箱中擺放的通常是飾物、模型，或荷蘭街道旁企立着色情事業的女子，似乎都有既定的方式與目的，和打算傳達的訊息，某種指向的現象。內容上既關注對當下處境的懷疑，而形式上則以本體對立的方式展現，形式服膺內容，內容就是形式，這在〈巴士無窗〉、〈分裂的人〉、〈俄羅斯套娃〉、〈光與影之抉離〉等皆有所呈現。然而所謂對立，例如在〈巴士無窗〉中，從前巴士車程是在風雨飄搖的日子，現在很安全，我和你也很安全；從前是Puppy love，現在十分平穩了（「城市跟我一樣都老了」）；從前的「驚喜聲是因為碰到我的胳膊才發出的嗎？」，現在的「你小睡吧，到站我叫你。」這種對立是基於小說人物對眼前處境的各種懷疑（或遲疑）而引起的。故此，「我和如初」從前的戀愛記憶對照現在的無窗巴士，有如傅柯所說的「異質空間的歷史流動」，是空間中的歷史時間意識，促使時間意義超越空間的規範。另一方面，在現有空間裏的「我和如秋」，縱然在密封巴士之內，思想卻飄至窗外，回憶和想像帶動思想聯繫外在，從而展示突破潛在規條和界限的可能（潛在規條本就是異質空間的特質，例如乘客的身體與距離必須按照一定的潛規律，例如站立、就坐和不相接觸，所謂異質空間的特殊意義。）同時，小說書寫陽光在車外映入，月亮也淡白現形（「只是肉眼看不見」），其實陽光或月亮都是外來的，都能滋孕萬物（或者滋孕我），只不過時空轉易，巴士內外，如初與如秋，不同的狀態，不同的距離。可以說，無論現在的無窗巴士是怎樣地被接受，或不被接受，可見或視而不見，總之記憶不可能等於現在，現在也不會是過去，過去亦無法改變，因為沒有人可以搭上同一程巴士兩次。只要坐上新的一次巴士車程，當記憶突然進入，過去會自動成為現在的對照（就如認知心理學中提及的自動化圖式「Automation Schema」）。然後，你會發現原來所有東西已經改變，無論是車程、景物、他人或者自己，所謂「改變意識」的覺醒。這覺醒了的意識大概是，從一開始你會體會到改變是緩慢且非常安靜又無聲無息的，幾乎是無法被聽見和看見的，直至有一刻，當你感到某些部分的過去原是你一直所珍視的，然而過去與現在的時空因着截然二分的明界線，你終於明白，失去的東西已無可挽回，靈魂亦在不安中無法安放。

真實世界裏的所有人必須面對社會制約和自己的關係，就是社會與主體的關係。主體之所以能成為主體，無論是在社會之中還是個體抽離，無可避免地必須回應「生命權力」的問題，問題是誰有權力決定「存在」還是「消失」的軌跡，在無法自主的狀態下，所有人都處於不安的躁動之中。〈遊樂場〉裏無論是「氹氹轉」還是「盪鞦韆」所涉及的潛規律制約，「世上沒有永遠擺動的鞦韆，也沒有永遠轉動的氹氹轉。世界可能根本就沒有永遠。」「忘扣安全帶，建築工人墮樓亡。」無論是物理定律還是群體秩序，城市遊樂場本來就是社會微縮，既是制約，也無法超越，最終形成的或許只有「痛楚」。就像村上春樹《沒有色彩的多崎作和他的巡禮之年》，書寫失去了快樂童年的多崎作，然而快樂還會回來嗎？村上在超現實的書寫體系中，有人問他為何回來寫現實主義風格的《沒有色彩的多崎作和他的巡禮之年》，他的回應是：「我也有類似經驗，這是成長故事，要成長得更大，傷痛就得大一點。」處理這種突如其來的失去和傷痛本是成長必須的經驗，多崎作在不可理喻的狀態下失去少年時的朋友，他注定被排除在外，直至長大後，仍無法釋放從中積存的傷痛，村上在小說中寫道：「以傷和傷而深深結合，以痛和痛，以脆弱和脆弱，互相聯繫的。」〈遊樂場〉的友人雖然沒有被排除的傷痛，然而當中同樣面對「失去」的陣痛，小飛俠最終以飛翔為人生作結，

「就是你永保青春的秘密嗎？」死亡是否終極，是否就是「消失的召喚」？是否如豖豖轉和盪鞦韆般沒有止息？朋友之間會如多崎作般造成巨大的陰影嗎？也會是傷和傷結合，痛和痛的聯繫嗎？這看來在小說裏沒有必然答案，然而，就像特朗斯特羅默所說的一樣，「冥冥中有人正縫製你的壽衣」〈遊樂場〉對死亡的發現，「如每天睜開眼睛，以為一步之遙的死亡遠在天邊，其實跟我們擦肩而過已好幾趟了。」（〈面孔的皺褶〉），死神隨時來訪，也就是靈魂不安的狀況。

（二）「靈」魂安放

> 痛楚的呢喃／無聲的吶喊／抒情之必要／詠嘆之必要／皺着眉頭不放／即是持續對生命的抱疑／一切要在靜默中進行，／讓無人聽見。
>
> ——〈存在之難〉（選段），潘國靈

小說可以作為沉思體還是城市體，而潘國靈的小說可視為存在體，在小說中叩問存在的意義，每每充滿自省和哲思。他在《親密距離》後記中指出個人寫小說的初衷：「關於人性，存在的本相。」首先要承認人性的意義，同時剖析辨證存在本來的面相，面相指向呈現的方式，然後展現其本質。潘國靈多次引用海德格：「存在被置於被遺忘的狀態」，除非我們放一顆釘子在鞋裏，穿鞋時才發覺鞋子的存在。在不斷變幻的生命中，我們怎樣發現自己的存在？所謂人生如戲，〈光與影之訣離〉就像持續地在體現「成長」，如小說的戲名般戲謔：基督的最後誘惑、搶錢家族、陽光燦爛的日子、一生何求，戲名是成長的歷程，就像一齣連續的戲，卻又是獨立的戲段。「他們說過，光與影同行，他們說過，不見不散。明天是什麼？既是一天，也是永恆。」各自獨立的生命是一天還是永恆？我們都有影子，終有一天影子不甘於自己的角色，反過來叩問身體，你憑什麼要我如影隨行？在佈滿制約的社會裏，我們有多少獨自的存在意義，還是在毫無意識下作為別人的影子過別人的生活，就像英國哲學家邊沁（Jeremy Bentham）提出的圓形監獄（Panopticon），我們既是自身權力的本體，卻也是權力的工具，生命權力被社會以「置生而後死」的生存方式處理，我們被置於生存中，也死在生存的模式裏，就如傅柯所言：「空間的邊界讓權力得以在一定範圍內實施。」制約與公社的規範隱含於無形之中，人就會不自覺地為了滿足規條而失去自我。故此，我們要逃離、縮小、消失，才有空間逐步探究自身的價值，發現自己的存在，而這種自我發現更是持續地進行的。

薛西弗斯每天迴環往復，我們仍然要認為薛西弗斯是快樂的。只是，我們如果想起薛西弗斯推着石頭上山，有沒有想過他落山的時候，除了想像明天本應如何，更可以從山頂至山腰眺望夕陽，發現遠處的風光明媚，透析當下存在的本質。〈遊樂場〉中的「秘密花園」就有着這種新發現的意義。秘密花園裏朋友之間沒有設限，時間亦無法阻擋，「這是一份最有時限的禮物；然而又好像一直扭轉至今天，變得無時限性。」更重要的是，秘密花園的時間不可能限制思想與關係，「時間最初的流逝是不動聲息的，後來就有了節拍，最後幾乎與心跳同步了。」（〈遊樂場〉）如果時光與思想一同流動，就會有最純真的笑聲（但不會是記憶，因為記憶不真實，也不可靠，「昨天的我已經遠去，昨天的你已經消逝，用記憶保鮮下來的一個是假的，那是一張時光定格。」（〈面孔的皺褶〉）、「這個年頭，記憶那麼廉價，誠心來找我的人，其實也不多。」（〈失落園〉）主流本來就是權力，而眾多人共同順從權力其實亦是一股力量。可是，所謂特殊空間的權力創造，就像在秘密花園中不服從制約反而是新的權力創造，人可以自主地做自己的選擇，如《異鄉人》的主角莫梭自由地起來和躺下，不拘束地在露台上抽瘀，又或者有人根本地以「寫作」作為處理社會和個體的方法。就像村上在小說中選擇以「覺醒」的方式來解讀多崎作的選擇，廖偉棠寫道：「多崎作沒有西彼爾反抗命運的能力，他成熟之後選擇的是泰然處之。」潘國靈小說中的人物就是有這種發現存在本質的力量，故此，在「幾乎就是快樂了！」之後，會否再一次帶來生命的蛻變。

當我們讀到潘國靈第一部長篇小說，我們不得不嘆服「寫托邦」這個專屬空間，由作者按個人自主的虛擬方式實現而成的寫托邦，用以抗衡現實世界，悠悠反覆穿梭往來寫托邦與沙城之間以尋找消失的情人，在鏡像下如此真實地存在着。而潘國靈早期的小說〈被背叛的小說〉，寫的是少女阿心的成長，敘寫小說的生命，叩問自己靈魂所屬，終究如詩般結束。小說借阿心意外身亡這件事，來諷刺媒體長期以渲染式的錯誤報道來呈現事情經過，阿心留下的小說碎片，被誤讀成遺囑詩篇，達致反諷效果。這篇小說猶如是作者早期自我發掘與遍尋寫作軌跡的作品，原來作家一早已在寫托邦的門口游離。可以說，這種專屬場域既冷靜又激情，這世上沒有任何掠奪者可以入侵，就如卡繆的名言：「縱然我無處容身，你憑什麼審判我的靈魂」，我們可在其中點我們自己的頭，寫我們自己的東西，以超越時空之姿獨自快樂地徘徊。而作家書寫的最終目的，或許就是要發現並探究在異托邦中的域外異質空間，以虛擬和現實交織的空間形式再現，個體在其中證實自己的身份與存在，處理自身的想像與可能；同時，小說更重要的是能回應社會，對真實世界的對抗，回應世界的種種無奈，或作為對白，或作為療癒，從而重新塑造個人的生命權力，所謂「無場所的場所」的呈現。近年出版的《離》，如果〈灰爆〉於地鐵內彰顯了空間權力的特殊意義，〈離島上的一座圖書館療養院〉展示了公共圖書館的限制，那麼「圖書館療養院」就是這種「無場所的場所」的專屬場域，「嚴格來說，它是一個私人書齋，因為規模較大，所以也可說是一座圖書館，也可叫做私設圖書館。因為屬私人性質，它的規律可以由自己來定，享有較大的自由。但它又不完全是一個人的，它半公開，行會員制度，受邀或有緣闖進的人，就是這圖書館的用者，或共同管理者，有點像一個秘密會社。」小說的設定如信仰般療癒閱讀者的生命，而與寫托邦以同一種性質共生於特殊空間之內，作為回應社會的力量。

沙特提出「自在的存在」，人本來就是存在的（建基於虛無主義），是先驗的，現成就有，具有已然不變的規定性；而「自為的存在」就是塑造性的，是人存在以後的新創造與新超越，在不斷生成的過程中，自為即自由，是一個不斷更新變化的歷程。正如康德說「人是目的」，無論是我與我、我與他、我與城市，全基於我對自身的發現。捉迷藏的遊忽、點蟲蟲的遊忽、吹氣球的遊忽，如果沒有清楚遊戲的本義，就會如〈遊戲〉中寫道：「只是躲避什麼、追尋什麼，目標已不太明確了。」「原來我們從小的時候，已着迷於看見與不見、躲閃與出現、遠行與折返、擁有與失落的輪替更迭。」「高潮幾乎與驚慌重疊。」然而，在不能改變彼岸世界的前題下，潘國靈卻發現了存在的本相，如過渡者醒覺過來，如吳爾芙發現自己的房間。

（一）「靈」魂永樂

找一個無人可找到你的地方／（這地方存在嗎？）／找一個可以自絕的天地／……／忽然有非常微弱的希望／非常微弱……

——〈是時候躲起來了〉（選段），潘國靈

一切都會過去和必須失去的物象空間，促使我們持續地叩問真實存在的課題。潘國靈在〈分裂的人〉中以客體觀照的方式重新審視自己的靈魂。我和「你」（內在的我），到底哪個才是真實的我？表象與裏頭的關係是互為控訴，還是互相補遺，無論是我與我，我與視之為他者，還是我與寫作的我之間，才發現原來我和「你」的持續分裂才構成最真實且完全的「我」。「希望」的起源必須在於對自我的發現和重構，潘國靈以神話、哲學、宗教、音樂等題材，藉傾聽底層的聲音，來還原生命的本質，這獨有的想像和意念巧思，以至於流動的性別角色，是潘氏書寫中的重要特色。

〈傳道書〉說：「其實明天如何，你們還不知道。你們的生命是什麼呢？你們原來是一片雲霧，出現少時就不見了。」在這個虛無的世界裏，生命是怎樣的我們其實不知道，如果活着，或者是要尋找真實的希望。而潘國靈怎樣理解生命的出口，固然，這答案只有他自己知道，或者是，所有人終窮一生仍在尋覓的過程之中。然而，潘國靈的小說世界始終滲透着希望的意義（沙特「希望的本體論」提及人的存在本質是基於「希望」，希望的存在意義由希望本身決定。）從而，潘國靈的小說可以回應困乏的社會，解釋荒謬的世界，對讀者來說就像是終究明白了世界的一種心靈釋放。

在重新審視希望的價值之先，還是要回到我與世界之間的問題。孤獨與憂戚是世界對人帶來衝擊所造成的，人失去認知秩序，人被物化，的確是社會上很多人所共有的問題。〈不動人偶〉的理想專門店和妄想櫥窗街固然以鏡像且相對共存的方式展現，靜人活物和活人靜物之間本來是各自表述的，但不動人偶最終要成為理想的「櫥窗公仔」，才發現妄想與理想之間，只有一線之差：「像我們這種表演靜止不動的藝人，如果能做到與櫥窗人偶幾可亂真，可說已臻一種修為的境界，其實就是基本功的練成……只有極少數的同道中人捱得過三天修煉，但我們還是需要接班人，讓這門藝術，也可說是秘技吧，流傳下去。也讓不散的城市遊魂有一個收容所。」這種探究城市剩餘物、畸零者，以至於探討藝術最高境界的書寫，其實是在呈現過度追求後被物化的人格，就如卡夫卡《變形記》中的 Gregor，工作從來沒有滿足感，為了養家而不斷勞動，所謂「被迫勞動」的狀態。實際上 Gregor 所面對的是人的自我疏離，人與真我的疏離。直至人變成蟲之後，Gregor 才曉得重新珍視牆上的仕女圖，然而在成蟲之先卻只有無意義的行為與生活，人被物化而過着薛西弗斯式的生活，人卻仍舊離不開孤獨與寂寞，就像在〈不動人偶〉中的人偶，自我追求竟變成自我制約，終於，成為理想店櫥窗人偶後才是萬劫不復的永恆身世。而在潘國靈筆下的〈悲喜劇場〉，盡顯真實世界的血淚殘忍，如此「成長」的一環，讀來亦感笑中有淚。無論演員與觀眾，劇場與現實，表象與隱喻，接受與失去，追逐與放失，悲劇與戲劇，在潘國靈的本雅明式書寫下，當中的界線已相當模糊，真實與非真實之間，此岸到彼岸，成長作為過渡，才明白追逐一生原來只在追逐永恆的寂寞。這純然是對生活、生存與生命的誤解，我們以為可以永恆地快樂，其實悲傷與失落從來沒有離開過。我們最終會成為俄羅斯套娃嗎？〈俄羅斯套娃〉可以說是十分潘國靈式的表述，再次，形式與內容沒有明顯界線，形式就是內容，所要呈現的就是逐步的自我挖掘與消隱：「沒有人給我打開外殼，我就注定要被囚禁終身。但也可能是，我根本不想出來。我害怕光明，也戀棧孤獨。我選擇退隱。」「我的世界很黑，依稀感覺身外有身，像給一層層的天空包裹着，一層以外有一層，一層以外又有一層，每層都是一個保護罩，又像是一塊裹屍布。當我閉氣，至少我有一具棺材。」原來成長了多少也好，總不要挖掘得太深，免得挖出生命的淪喪，因為在最裏頭所收藏的，從來好惡難辨。最終，請把套娃留下，來給套娃自有的生命吧。

另一方面，人在世上是完全自主還是在造物者的管理下，這關乎自由主義與神論的話題。〈信者與不信者之旅〉中的蛇太象徵聖經中引誘始祖犯罪的那惡者，而你對紗巾的接受，「我接過了包裹着臉，踮起腳步輕輕溜走」，就像接過分辨善惡樹上的果子。「你挽着年輕新婚女子胳臂錯以為是我，一再重複『一切都很美好！』」對於新婚女子與「你」的虛情，「我」是不能接受的，故「我」最終離開場地，象徵了不信的選擇，就像卡繆《異鄉人》中莫梭最終拒絕神父的祈禱一樣。而「旅」的本義就是「家」的相對，就像信仰中提及我們都是寄居的，都是客旅，人生在世就是在走天路歷程。這固然與卡繆的看法不同，卡繆參照笛卡兒以懷疑論的方式提出，人活在世上到底有什麼存在的意義？卡繆甚至認為哲學的唯一問題就是自殺這課題。而所謂朝聖之旅從來也屬表象，實際上是指向人生的旅程，所有真實其實不真實，包括各種屬靈的偽裝、外顯、裝飾、渲染和創造，信者對於身邊人的迷失與放失完全沒有察覺，卻只在全然自我迷醉的狀態裏。至於二人關係方面，事實上，信仰本來是個人的事，而「與」卻是把人聯繫在一起之義，信者與不信者如何同走一路，聖經說信與不信不能同負一軛。但如果以生命的完結作為考量的起點，那麼「一起」將會衍生怎樣的過程？二人同行是天路，還只是道路？同行密友，甚至結為夫婦，是否只屬自欺，或根本地停滯於「彼此明白」的痛苦循環？潘國靈沒有給出最終的答案，他卻提供了給我們選擇的出路，回應信與不信的屬靈考慮。固然，「信」是不容易被理解的，聖經說：「信是未見之事的實底」。觀乎宇宙與世界物象的創造，神在空間與時間上是無限的，而人卻有限，如果必須以「有限」來理解「無限」的本質，並予以相信，固然是不容易理解的，因而產生了小說人物那種迷信中的希望。故此，我們才要突破自我，因為突破自我才是尋找希望的出口。

既然如此，潘國靈有沒有回應什麼才是真實的希望？〈失落園〉中描述沒有時鐘的世界，時間不斷循環如「一片悠悠長河」，「但願它永不復生，土枯石裂，正常人不得而居，直到永永遠遠。為求安寧，我唯有詛咒。」李歐梵在《失落園》序中寫道：「現代人似乎注定從一種『福祉』（Grace）失落了，從幼年到成年，這一個成長的過程，就是一種精神上和肉體上的受難經驗，存在的意義，其實就是受難。」無怪乎馬奎斯說：「無論走到哪裏，都該記住，過去都是假的，回憶是一條沒有盡頭的路，以往的一切春天都無法復原，即使最狂亂且堅韌的愛情，歸根結底也不過是一種瞬息即逝的現實，唯有孤獨永恆。」過去都是假的，回憶是一條沒有盡頭的路，唯有孤獨永恆，就像尼采的永劫回歸，薛西弗斯的迴環往復。原來記憶哄騙術將過去說得唯美，倒不如坦白地承認孤獨的意義。這世界的荒謬原來就如潘國靈在小說世界所呈現的：「其實，真正擾人的，不是記憶，是追憶。記憶像一個匣子，你不去觸碰它，它就原封不動在那兒，只有你刻意追認，才發現當中的虛妄。」（〈失落園〉）寧默心也不由自主地開始追憶，時常做夢，因為「夢是記憶的秘密。」什麼是夢？夢有什麼作用？佛洛伊德認為夢的意義是圓夢，而榮格則認為是補償，然而，在苦難之前，夢根本不是解決辦法，反而，記憶就是受難的開始。然而，「世事之詭譎，在於想記取的，偏失落，想忘記的，偏牢牢記得。」就如普魯斯特寫道：「生命只是一連串孤立的片刻，靠着記憶和幻想，許多意義浮現了，然後消失，消失之後又浮現。」因而，潘國靈拿出「消失咒」作為解藥，希望的靈藥。「我徹底幻滅，又永遠存在」，如果沒有消息，就沒有存在，消失才是存在的本義，在每個人心中都必須擁有自己的失落園，因為每個人生命中都有自己的女巫。故此，我們要學習如何隱藏自己，如〈面孔的皺褶〉寫道：「一個人愈活愈退縮，縮至後來以身體房間作牢房，與外邊世界再無相干。」且要把自己縮小，縮小至極微細，直到沒有人看見，沒有人發現，而成為存在當中的真正自由體，呈現獨有的主體性。〈無休止縮小〉雖然是小說角色與父親之間的事情，但引伸而來，「無休止縮小」本來就是面對這世界不可逆轉的必然命途。身體、字母與文學，一同走向縮小的終途，然而，這種狀態其實是在自我放逐，量變引起質變，身體固然在縮小，然而，文學卻因縮小而顯大。在「無人察覺」的境遇中，我們才真正擁有自由的意義。

但這不代表我們從此無視這個世界，反而，正正是基於消失，才有更清晰的眼睛，以靈視的方式重新觀照這個世界，甚至可以以平行時空的方式重新解讀和關懷別人、家庭、社會，甚至整個世界的人倫秩序、社會形態和種種微妙的變化，就像村上春樹設置的「世界末日」與「冷酷異境」，真實世界與潛意識世界的對照與互為凝視，所以，希望的本身就在於更高層次地在閱讀世界的幻變，作出解釋、重構秩序和提出意義，潘國靈小說就是能做到回應世界這重要的意義。〈距離〉對於倫理的注視，〈巴士無窗〉對於關係的變化，〈波士頓與紅磚屋〉對於時空的交疊，〈光與影之決離〉對於人事的轉易，甚至〈分裂的人〉更讓讀者借以審視自己，原來我們都有分裂與重組的人性特質，可以說，如果讀者發現潘國靈小說重視「存在」的本質，這顯然只是基礎，更可以說，潘國靈小說徹底地超越了存在，而能在自我叩問存在的同時，觀照世界的種種面貌和形態。故此，存在的本質已被完全發現，並由於個體的消失（加上「沙城」的消失），作者顯然能以更清晰和靈動的視域來接引社會、解釋社會、反饋社會的人性與脈動。而所謂成長的希望，就是這種超越存在，突破界限的觀照，在持續消失與接引的關係裏，一次又一次地突破。毛姆在《月亮和六便士》中寫道：「追逐夢想就是追逐自己的厄運，在滿地都是六便士的街上，他抬起頭看到了月光。」被物化的世界與真我的專屬場域之間，潘國靈不但看見了月光，亦能回應滿地六便士的街道，從發現到發現，以至找到原初的想望。

原初：此岸歸屬

> I open my arms as wings/ for a moment I feel I can fly/ though I sink, I sink/ to the bottom of an abyss
>
> —— *My Final Words*(excerpts), Lawrence Pun

「成長」這詞語，為什麼這麼難說？原因在，成長了不等於解決了一些問題，反正世界不會好起來，妒嫉、苦恨、戲謔、報復，就是沒完沒了。只可以說，我們終究無法逃離荒謬的世界，日光之下無新事。於是潘國靈看穿了這生命的不可理喻與無可挽回，在《寫托邦與消失咒》〈招魂屋〉中指出，所謂成長就是「過渡者」，「一切只是中場的過渡。青春的延長在於延長這過渡但無論如何延長，大多數終究還是會由孩童的、原初的、天真的『此岸』，邁向成人的、滄桑的、世故的『彼岸』。」因成長帶來的失落、迷惘、破碎甚至是困惑、遲疑，在《原初的彼岸》中可謂得到一次豐富的呈現。

如此看來，「是不是這樣呢……除非中途離場如你，否則都難免由『此岸』過渡到『彼岸』，無論你在岸頭猶豫踟躕了多久，終究是會過渡的，過渡之為轉化，過渡之為成長，而所謂過渡，其實也不過是一個蛇頭追咬自己蛇尾的循環，一條自噬自足的銜尾蛇，是這樣嗎？」過渡者終必失去自我的存在，而且這必然是個循環往復的狀態，因為大多數人只會繼續追求「人生理想方程式」作為成長的唯一目標，持續地聚焦彼岸的風尚，而終其一生在追逐和滿足主流，而從來沒有想過提問「世界可以將我們怎樣？我可以怎樣自處和自存？」的問題。村上春樹說，「我的人生是我的，你的人生是你的。」又言：「不要活得像應有的年紀，總要活得像自己。」看似簡易其實是對人生的解構，以元認知或後設認知(Metacognition)的視角來重新審視自己的價值和意義。潘國靈提出「中途離場」，這不是可以選還是不可以選，應選和不選的問題，中途離場是必須的，如果沒有退場，把自己消失，我們根本無法發現自己的存在，而正因為消失，我們才可發現存在的本質，尋找到自己的專屬場域，超越個體的存在，回應世界的需要。然而，在持續消失的過程中，潘國靈同時更深層地接連世界，當你閱讀《總有些時光在路上》、《事到如今》，你會發現潘國靈是如此的接地氣，提出非常獨有的發現和視角，而當我們在旅途中只顧吃喝玩樂，他或許已待在某處咖啡館重新審視地方的意義；小說《寫托邦與消失咒》、《離》也是呈現個體與社會緊密扣連。這才是以生命扣連成長的真實經驗。因而，「過渡者」叩問靈魂而發現存在的本質，在域外異質空間找到專屬場域，在主流社會之中逆流而行，靈魂最終必然找到所屬的快樂。

而所謂原初，有指出是原生和本初，是以「存在」作為開始。李日康亦提出潘國靈重視「重象雙身」（Doppelgänger）的意義，就像〈面孔的皺褶〉中對皮膚纖細的書寫，也像在〈分裂的人〉中以女性的我與「你」結合而為的完整生命，這視點可在潘國靈〈婚姻與獨身——現代彼得潘的原初情結〉有更詳盡的看見。然而，這裏想論說「原初」的意義。〈創世紀〉一章一至二節：「起初神創造天地，地是空虛混沌，淵面黑暗；神的靈運行在水面上。」神創造天地的開始時，世界是空虛混沌且淵面黑暗的，而這裏的「神」在希伯來文是眾數，就是三位一體神（聖父、聖子、聖靈）的存在。於是神按次在第二至第六日創造萬物，神創造的方法是「說」（Words），就如神說有光就有光。神至第六天造人，「神說，我們要照着我們的形象，按着我們的樣式造人。神就照着自己的形象造人，乃是照着他的形象造男造女。」原初就是在這個時候發生。神造萬物都是好的，「事就這樣成了。神看着一切所造的都甚好。」唯有在造人後表示「甚好」。人的本初是甚好的，人本來是要管理這個世界，倒不是波特萊爾（Charles Baudelaire）包含迷幻與縱情的「人造天堂」，那裏只是夢想成為天使，最終卻變成野獸。而這裏的「甚好」，是沒有罪與罰的伊甸園，原初此岸之所在。此外，關於男女的問題，聖經所說神本來先造男，再在男的身體取肋骨來造女，「耶和華神使他沉睡，他就睡了；於是取下他的一根肋骨，又在原處把肉合起來。耶和華神就用那人身上所取的肋骨造了一個女人，帶她到那人面前。」不過，在〈分裂的人〉潘國靈更嘗試把希臘神話中原初造人的故事改寫：「我無意否定任何類別，我只是想說，這近乎完美的神話還漏掉了一個類別，在這類別中，一半與『另一半』的關係不是以另一個他者為對象的，它本身就不是『對象性』的，他／她的『另一半』本來就是他／她自己的分身體，與生俱來地存在，自我分裂、併合、自轉、反照成一個整體」從小說中探索性別流動以至於人的完整性，從而尋找出分裂的存在本相，關於性別流動或重象雙身，潘氏小說不乏探討。

如果「成長」作為主題，可以說，在我們殘酷泣血的生命體內，我們祈求把自己安放在主流或非主流的軌跡和制約之內，以各種適應、配合、認知、學習、解難、處理、體會、滿足來解釋所謂慾望、目的、追求、意識等價值和行為，這是對於成長的共識與態度，而為世人所同意和相信。然而，在《原初的彼岸》的小說中能展示潘國靈在文字世界中如何築構寫托邦，除了充分地體現個人的主體性以及人與社會的交織，在自有自在的天地中既能自由巡弋與漫遊，又能決定方位和死生，把悲傷留給自己，把歡愉交給彼邦，片刻飛翔還是急速墜落，終究是自我的存在與歸屬，表象看來是廢棄了的失落園，或許是另一場靈魂的救贖。

讀潘國靈的小說，猶如巴赫金（Mikhail Bakhtin）的「眾聲喧嘩」（heteroglossia），在每個個體的語言和文化中都具有自己獨特的聲音和觀點，然而這些聲音可以在個人與個人、個人與讀者、個人與社會之間對話，亦起交互作用，就像是關注權力和話語的同時，以複調（Polyphony）構建不同聲音和觀點的多重存在，他沒有強迫你接受，只是最具象的反照，呈現個人與社會，塑造小說人物自有和獨有的生命，我想我的，你想你的，就是存在的本相。

二〇二三年五月三十一日

消失的過渡者在《原初的彼岸》圖示

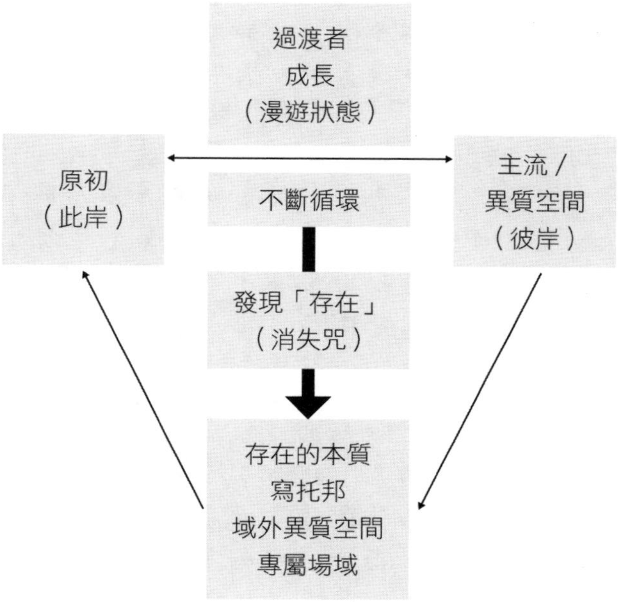

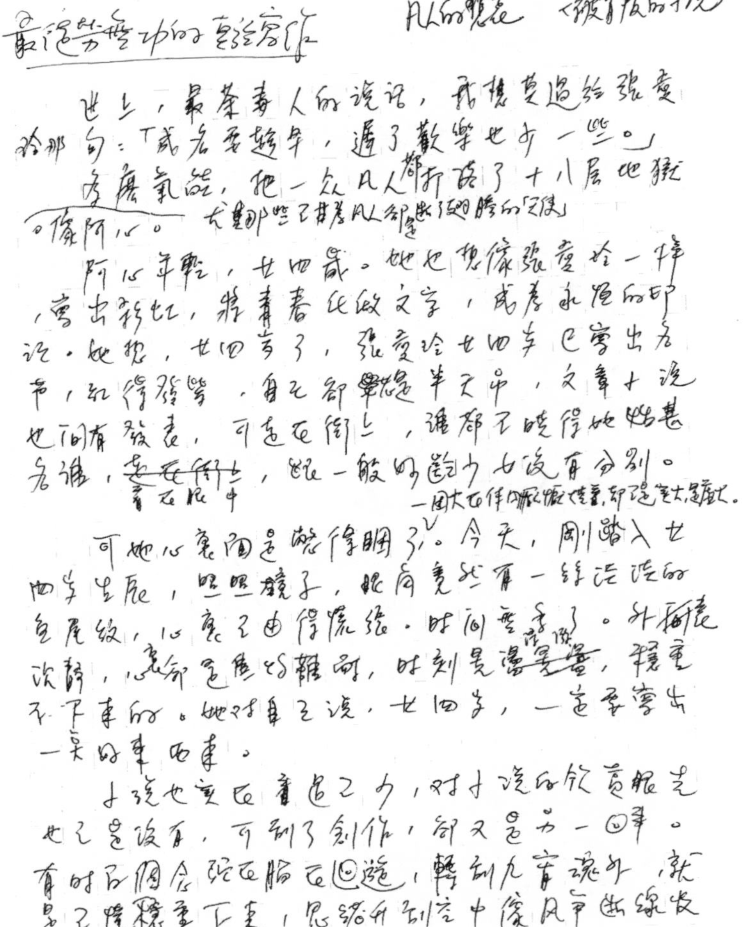

最徒勞無功的寫作　凡人的悲哀　〈被背叛的小說〉

世上，最荼毒人的說話，我想莫過於張愛玲那句：「成名要趁早，遲了歡樂也少一些。」

多麼氣餒，把一眾凡人都打落了十八層地獄，像阿心。尤其那些不甘是凡人卻生不逢時的「天才」。

阿心年輕，廿四歲。她也想像張愛玲一樣，寫出彩虹，將青春化做文字，成為永恆的印記。她想，廿四歲了，張愛玲廿四歲已寫出名作，紅得發紫，自己卻半天吊，文章小說也間有發表，可走在街上，誰都不曉得她姓甚名誰，~~走在街上~~看在眼中，跟一般的路人女沒有分別。一個大女孩的平凡憧憬，卻說是大逆不道。

可她心裏面是憋得悶了。今天，剛踏入廿四歲生辰，照照鏡子，眼角竟然有一絲淺淺的魚尾紋，心裏不由得慌張。時間無多了。外表沉靜，心裏卻是焦灼難耐，時刻是浮躁，平穩不下來的。她對自己說，廿四歲，一定要寫出一點好東西來。

小說也算是看過不少，對小說的欣賞眼光也不是沒有，可到了創作，卻又是另一回事。有時可以將念頭在腦裏迴旋，轉到九霄雲外，就是不能穩重下來，思緒升到空中像風箏斷線般

〈被背叛的小說〉小說手稿

被背叛的小說

一

世上最荼毒人的說話，我想，莫過於張愛玲那句：「出名要趁早呀！來得太晚的話，快樂也不那麼痛快。」氣燄多盛，把一眾凡人都打落了十八層地獄，尤其那些不甘為凡人卻又偏偏掉落凡間的折翼天使。像阿心。

阿心這刻便面對着20×20的方格原稿紙，構思她一個短篇小說。年輕人總是夢想多多，多得要找個對象承托着，張愛玲便成了她夢想的對象，或者又可說是「幻想」。她夢想如張愛玲那樣，一枝生花妙筆，寫出彩虹，將青春化成文字，好為青春留印記。可是青春對大部分人來說，都是一筆流水糊塗帳，懵懵懂懂，飄飄忽忽，空空白白，猶猶豫豫，一眨眼便過去了，到真正化成文字，人已經不怎樣年輕了。廿四歲的阿心雖說是年輕，但跟十八歲少女相比又多走了一截子路，加上人比較成熟，這滄桑之感也在阿心心裏油然滋生，心好像蓋上一層薄薄的灰塵。她想，廿四歲了，張愛玲廿四歲已寫出名聲，紅得發紫，自己卻老是半天吊，文章小說也間有發表，可走在街上，誰也不曉得她姓甚名誰，看在眼裏，跟一般妙齡少女沒多大分別。阿心就是極討厭這種感覺，混在人流中沒自己模樣似的。

可討厭歸討厭，阿心外表還是裝着沉靜，不慌不亂的，有誰知道她內心早憋得按捺不住，如箭在弦，只等引弓發射，又像一匹野馬時刻等待脫韁在曠野疾步奔馳。廿四歲生辰那天，阿心照照鏡子，發現眼角長了一絲淡淡的魚尾紋，心裏不由得慌張起來。她對自己說，時間無多了！時間無多了！廿四歲了，一定要寫出一些好作品來。一顆心是焦灼難耐的，可回到具體生活卻晃盪浮游，穩重不下來，一團火在體內病懨懨燒着，卻始終只是虛火，不成實火，好像炭堆裏欠了一枚炭精似的，徒然冒着白煙，卻燒不成烈火。

小說也實在看過不少，對小說的欣賞眼光也不是沒有，可到了創作，又是另一回事。有時百個念頭在腦內迴旋，轉呀轉轉到九霄雲外，就是不懂穩重下來，思緒升到空中像風箏斷線收不回來，不知掉到哪個角落，了無痕跡。就好像這刻，阿心呆坐了一句鐘，看看面前稿紙，一個個方格全是空空白白的。

阿心面對空白稿紙，聳聳肩想，也不打緊呀，創作的本質是磨人的；還不知從哪裏學來一股弔詭腔——蒼白也是一種顏色，空虛也是一種內容；說話跳出腦袋經四面牆壁反彈，折回心中，也很有一點自我勉勵之用，還覺出一點味道來。想着想着，胡亂就在稿紙上寫上——

蒼白也是一種顏色
空虛也是一種內容

這是阿心的一個寫作習慣，天馬行空進行構思時，喜歡搖着筆桿隨意識在白紙上亂塗亂寫。她說這是仿效超現實主義的「自動書寫」，可她其實只是一知半解，大部分時候不見其效，反而見出阿心思想紊亂，左堆右砌，拿不定主意。

阿心轉動着筆桿，蒼白、空虛叫她聯想起自憐自卑的郁達夫，她不久前才看過他的〈沉淪〉。她喜歡郁達夫說自己是「零餘者」(superfluous man)，尤其那句「生則於世無補，死亦於人無損」，夠率性自我，不知說中多少人的生存狀況。想到這裏，不期然又在稿紙上寫上——

零餘者

生則於世無補

死亦於人無損

就試試寫現代人的內心狀態吧，阿心想。以蒼白、空虛、迷惘、不安、寂寞、焦慮、矛盾為線，交織出一幅「現代人心電圖」，就乾脆以此為小說題目，夠苗頭，想着便提筆記下。

但這些內心狀態有誰沒經歷過，寫得一般便容易流於陳腔濫調，暮氣沉沉，矯揉造作，故作傷感。況且，二十世紀以來寫內心真實的經典之作多不勝數，一枝禿筆，怎樣寫也不過是喬伊斯、艾略特、福克納、普魯斯特、卡繆、卡夫卡等這些文學巨人的混合影子，或者，連影子都不是。阿心的思維就是這樣，剛想到一個點子，馬上又自我否定，否定後又想出新點子，非常的辯證法思維，唯一分別，是她結果往往是繞着圈子走，結束就是起點。

好像這刻，否定後她立刻又想到新的點子——這些巨人沒有的，就是自己身處的此時此地，對，寫現代人，要扣緊具體的現代處境。村上春樹不就是以一九九五年東京地鐵沙林毒氣襲擊事件寫成他的近作《地下鐵事件》嗎？阿心隨即翻開近日報章找尋靈感——亞洲金融風暴、朱鎔基當中國的新總理、特區首屆立法會選舉、克林頓性醜聞、飛碟教預言上帝來臨……，阿心對自己說，好的創作人什麼題材都可以發揮，一枝筆可以變法術可以點石成金可以化腐朽為神奇。但想像與實踐即使不是背道而馳也總是有距離的，阿心對大部分題材根本毫無感覺，認識亦非常膚淺，平日看報章也不過是速讀標題，浮光掠影，知其大略。她想，自己不是股市災民不是萊溫斯基又不是飛碟教教徒，硬要着墨也是文人大話，出賣自我。可什麼是自我呢，阿心卻答不出來。她看事情往往只看到表象，這也是速讀方法日久積習的必然後果。她可不知道，人家村上春樹不是翻開報紙便就地取材大做文章，人家花了整整一年訪問了事件中的六十三名受害者。當然，即使她知道，亦不會有這份耐性，張愛玲那句名言太過縈繞心頭，盤旋腦海，好像這刻她又下意識寫下了——

快樂也不那麼痛快。

阿心想事情往往想不到底，左搖右擺，三心兩意。她很快轉了念頭——寫內心狀態都是現代主義的手法；文學如時裝，也有潮流更迭的，現代主義已經衰微，當下香港時興後現代主義了。不錯，小說刊登出來要引起話題，哪怕是好是壞，也一定要扣緊文學潮流。想到這裏，阿心內心驟然又泛起喜色。可什麼是「後現代主義」呢？經常聽在耳裏說在嘴邊，卻是人說我說，不明所以。阿心又施展她速讀概讀重點閱讀的看家本領，馬上找出一本闡述後現代主義的書籍，艱澀的專論文章她全都掠過，眼睛像掃描器一樣快速掃射，最後找到一篇簡單入門的歸納文章，便在紙上記下一些要點——

零散　分解　斷裂
主體消失　無選擇性

零散、斷裂，都可放在小說形式上考慮，阿心想。想到形式，隨即又想到這個學期「文學理論」課中剛讀過的俄國形式主義，她想，形式是重要的，小說的創新往往是形式上的突破。明明是在形式上進行構思，想到形式主義卻轉移了視點，思緒又飄到形式主義所說的"Defamiliarization"（陌生化），她最感興趣是 Victor Shklovsky 那句"To make the stone stony"。如此這般，思緒由一點飄到另一點，思路糾纏不清，她還自以為思想跳脫，腦筋敏捷，是意識流手法。還做起翻譯來，胡亂寫上——

異化
使世界更形陌生
使石頭更成其為石頭

阿心這樣構思小說，結果是不難想像的。她伏在書桌上三個小時，始終沒誕生出一個滿意的小說意念。思想的風箏隨風擺盪，意識愈來愈模糊，操控的主人不是她雙手而是無定向風。突然間，繫着風箏的線切斷了，思想霎時一片漆黑，像電路突然中斷，阿心伏在書桌上睡着了。稿紙上遺下她的思緒的痕跡——

蒼白也是一種顏色
空虛也是一種內容

零餘者
生則於世無補
死亦於世無損

現代人心電圖
快樂也不那麼痛快

零散　分解　斷裂
主體消失　無選擇性

異化
使世界更形陌生
使石頭成其為石頭

二

阿心真的出名了。她的「作品」被刊登於香港各大報章上。可惜，「來得太晚了」，她沒辦法知道了。

各大報章上都讀到她的新聞，一新聞標題是——

大學研究生疑厭世跳軌自殺　遺下感傷遺囑詩篇

所說的遺囑詩篇，便是阿心出事前那晚構思小說時所寫下的話。事情總是不依隨人的主觀意願發展，阿心本想寫一篇小說發表於文學雜誌，結果她胡亂寫下一首非驢非馬的「新詩」，那首「詩」又胡亂被當成是她的臨別遺言。她的「作品」真的被發表了，人家也知道了她的名字——余心，可到了知道，余心已經不存在了。其中一份大報的報道如下——

大學研究生疑厭世跳軌自殺 遺下感傷遺囑詩篇

〔**本報專訊**〕昨日，剛巧是黑色星期五，一名廿四歲大學研究生於大圍火車站跳軌自殺，當場血肉模糊，頭骨破碎，導致火車服務中斷足足兩個小時。意外發生於昨日上午十二時，死者為 ×× 大學文學院研究生余心。據當值車長稱，火車駛入大圍車站時，他目睹一名乘客突然飛身躍出月台，當時立刻緊急煞掣，唯距離太近，停車不及，大學生當場被列車輾碎，血肉四濺。據另一名目擊乘客稱，意外前死者於第九號月台列隊前方專注看手上的筆記，當火車駛入月台之時，她突然俯身衝出月台，造成是次慘劇。

記者事後曾接觸死者一名同學，據該名同學稱，死者平日獨來獨往，熱衷文學，最近一次於文學創作課上曾說「最好的創作最終不是寫在紙上，而是在自己身上」，死者可能是走火入魔，相信不是與功課壓力及感情問題有關。警方將作進一步調查。

意外死者血肉模糊，現場卻留下死者的一篇詩作，內容灰暗，疑為死者遺言。

■ 本報記者

蒼白也是一種顏色
空虛也是一種內容
零餘者——
生則於世無補
死亦於世無損
現代人心電圖——
快樂也不那麼痛快
零散　分解　斷裂
主體消失　無選擇性
異化
使世界更形陌生
使石頭成其為石頭

這宗新聞引起媒介上一些討論，連日來均有學者、社會工作者及心理學家發表文章，討論學生自殺問題。

一經報紙上白紙黑字刊載，彷彿變成了事實。但事實不是這樣的，就連刊登的「遺囑詩篇」上的兩個破折號也不是原來的，是編輯自行加上的。

事實是，那天阿心一覺醒來，已經是上午十一時半，她需急赴銅鑼灣為一名學生補習。阿心習慣於車程途中看書或構思小說。走到大圍火車站，阿心拿出前一晚搜索枯腸所寫下的話，繼續構思她的小說。睡眠不足，頭有點痛，加上行色匆忙，精神更添幾分恍惚。列車駛入車站，阿心的視線仍停留在手上的那張稿紙上。列車颳起一捺風，把手上的稿紙吹走，阿心下意識撲前欲抓緊她的心血，哪怕是別人眼中不屑一顧的心血。可這捺風不僅吹走了她的心血，還吹走了她的夢想，吹走了她的青春，更吹走了她的身體。

但她的離去沒帶來多少人的惋惜，卻帶來大量乘客的不便，為此不少乘客怨聲載道，有些還刻薄的說：「×！要死都揀別處嘛！『阻頭阻勢』！」

夢想破滅了，卻不完全破滅，它以它的反面出現，變成了一個夢魘。「出名要趁早呀！來得太晚的話，快樂也不那麼痛快。」阿心曾說，創作的過程是痛苦難熬的，現在她的痛苦徹底解除了。阿心「出名」了，雖然只維持了數天；然而，被火車猛力衝撞的一刻，阿心即時失去知覺，那種快樂，實在是太過痛快了。

（刊於《香港文學》1998年6月第162期。收於《傷城記》）

#書寫的人

書寫的人是什麼生物？在世界中不斷逃竄的人，始終抱持懷疑精神的人，在世的通靈者，邊緣人，游離者，分裂的人，社會的徵候學家，劫後回到災難現場撿拾碎片的人等等，潘國靈在作品中對此作出深思，或以此為主題探索，重者有《靜人活物》及其後的《寫托邦與消失咒》二作，其中誕生了不少作家角色，如〈密封，缺口〉裏的NANA/NADA、〈死魂靈出版社〉裏的娜達、《寫托邦與消失咒》裏的遊幽、悠悠等等，作者筆下的書寫的人，疊加起來可排成一條令人神往也精神錯亂的鏡像迴廊。書寫的人／文字族自身成一品種，但作者也說過，他們並非絕緣體，某程度上，他們在世的遭遇，又與世界的氣候有關，他們是書寫的對象，但他們也是一種觀照世界的獨特眼光。如果作者筆下的書寫的人可成一系譜，〈被背叛的小說〉裏首次出現的少女作家余心在一場意外中身亡，十餘年後在「寫托邦」中出現充當文字巫師／嚮導的余心，未知是作者遲來的「贖罪」，還是書寫的人的一種借屍還魂，陰魂不散。卡夫卡的遺囑被背叛了因而成全了小說出現（米蘭．昆德拉《被背叛的遺囑》），少女余心的創作碎片在〈被背叛的小說〉中，表面看這是一篇關於創作中胎死腹中之作，但它連上了後現代的斷裂，筆鋒一轉，由小說創作轉而寫及新聞媒體，寫作的不遂以意想不到的方式被「成全」了，這反諷真是「反轉再反轉」。

病娃

有娃娃玩的小孩真幸福。娃娃有很多種，在中國傳統中，有剪紙娃娃，有布娃娃，有泥娃娃，有陶瓷娃娃，有木製娃娃等等，不單用料手工不同，又有根據娃娃的姿勢分為睡娃娃、坐娃娃、不倒娃等等。中國娃娃是一種源遠流長的民間藝術，其中剪紙娃娃中的抓髻娃娃，更可追溯至母系時期社會，象徵中國民族的繁衍之神和保護神，從抓髻娃娃，又派生出招魂娃娃、送鬼娃娃、辟邪娃娃、送病娃娃等等的娃娃來。

不過，我將會說的故事，雖然跟娃娃有關，卻跟以上所說的沒有相干，那些中國款式娃娃，現在已經沒有小孩玩耍了。故事中那個小女孩玩的，是一個塑膠用料做的洋娃娃。塑膠給人無生命之感，傳說中國女媧造人，或是希臘普羅米修斯造人，就是用泥土造的，哪有聽過用塑膠造的，這完全是現代工業大量製造的無生命質料。不過，小女孩所擁有的娃娃倒有一點特別，就是懂得像人一樣會眨動眼睛，是一個漂亮的眨眼洋娃娃。

有孩子玩弄的洋娃娃真可愛。小女孩的洋娃娃是塑膠製造的，抱在懷中其實不及布娃娃那樣柔軟而能產生熨貼的觸感，不過布娃娃沒有脊樑骨架，一鬆手身子便軟塌塌的渙散下來，儼如一個無骨人。塑膠洋娃娃倒不同，可以像人一樣直立，而且軟塑膠的堅柔程度恰到好處，足夠堅硬支撐身體，但又不會過份堅硬如一塊石頭。塑膠本來是無生命的，但在塑膠模外套上一襲漂亮衣裙，頭殼上蓋一頭絲質秀髮，眼睛眨呀眨，登時便如龍點睛，又像在鼻孔裏吹入生氣，看似一個有靈的活人。小女孩的洋娃娃穿一件粉紅上衣，衣袖衣領圍了碎白花邊，裙子則是一條長若及膝裙襬向上飄揚的芭蕾舞裙。頭上織了一頭修長而易於梳理的深啡色頭髮，額前劉海，最吸引的還是一副面孔，兩個臉蛋兒永遠泛着紅暈，圓大的眼睛閃呀閃，棕色的大眼球將兩團眼白退到邊緣，眼睛明媚照人，永遠亮晶晶水汪汪，其實一滴眼淚也沒有，是在眼球上鬆上一層薄薄的透明膠而產生出來的感覺。眼皮黏上長長的眼睫毛，張合之間相當誘人——如果，它是一個真人的話。

真人，不錯，說洋娃娃也許說得太詳細，一時忘了故事的主人翁，不是娃娃，而是娃娃的主人，一個真人，一個五歲大的小女孩，名字叫遊忽。怎樣形容遊忽呢，倒難倒我了，總之，就是擁有一張娃娃臉，面孔生得相當標緻的可人兒。別人又愛說她是一個又乖又靜的小女孩。又乖又靜，好像是兩個形容詞，其實很可能是同一意思，因為大人都討厭喧嘩嘈閉的孩子，沉默不打擾大人的孩子，尤其是文靜的女孩子，大人通常都愛讚美：「真有教養。真是一個乖孩子！」鄰居見着遊忽，都愛一邊捏着她的面珠一邊這樣說。有時捏得肉緊了，捏出一個紅印來，小女孩也是不吭聲的。

如此安靜的小孩真是難得。她母親公餘的唯一嗜好，就是相約鄰居開四方城，麻將劈里啪啦的飛撞，女兒就乖順順的溜進房間玩娃娃，從不需要大人操心。有洋娃娃陪伴的世界，她便感到自足。洋娃娃的眼睛眨呀眨，面部保持持久不變的表情，嘴巴合攏唇角微微上翹，展現一個含蓄而略帶羞澀的笑容，但笑不語，遊忽看着洋娃娃，有點像照鏡子。

這款洋娃娃眼睛的開合視乎身體的傾斜角度，站着的時候眼睛全開，平臥的時候眼睛全閉。夜裏，遊忽喜歡手抱洋娃娃，把洋娃娃直立時，洋娃娃的眼睛會睜大，把洋娃娃的身體一點點傾斜推倒，洋娃娃的雙眼會逐點逐點閉上，至身體完全平臥，雙眼便會緊合，如熟睡的嬰兒。再將平臥的洋娃娃慢慢拉起，洋娃娃的眼睛又會一點一點睜開。如此反覆，由睜開至閉上，由閉上至睜開，數不清要重複多少次，如鐘擺的來回擺動，遊忽才會萌生睡意，眼皮的重量緩緩增加，最終至不勝負荷突然滑入漆黑狀態。在這滑下的一剎，小手鬆脫洋娃娃的一刻，洋娃娃最後保持的姿勢或直立或躺臥，直立時如守護神眼睜睜看着熟睡的遊忽，躺臥時如伴侶一樣跟遊忽一起四目關閉。長夜漫漫，洋娃娃是否有一夜安眠，很有點像擲骰子一樣的視乎偶然因素。

有洋娃娃玩耍的孩子，應是幸福的。不過，遊忽跟一般小孩有一點不同，她小小年紀，由五歲開始吧，便開始間歇性失眠，眼睛呆呆望着凹凸不平的天花石屎會看出很多對奇形怪狀的眼睛來。小孩失眠也不是太不尋常，或者十中有一，真正不比尋常的，是遊忽的失眠世界異常安靜，從不驚擾任何人，不哭不嚷，比啞巴還靜，只乾巴巴放大眼睛想東想西，跟洋娃娃竊竊私語，好像有無數的心事要傾吐般。別的孩子睡不着有母親在床沿講故事，孩子有失眠的問題大人總會知曉，但遊忽，也不是她母親太疏於照料，而委實是遊忽過於安靜，大人根本沒有察覺，事實上，她母親以為自己每天都是最晚睡的一個，因為她是最後一個將燈光全熄掉的人。只是她不知道，她熄掉了燈，熄掉不了眨眼洋娃娃，和她女兒的眼睛。她女兒是否有一夜安眠，也有點像擲骰子一樣的視乎偶然因素，只是不知道背後操縱擲骰子的力量來自何方神聖。

不知不覺間，遊忽又年長一歲，洋娃娃已陪伴她一個周歲。有說小孩的樣子都是未定型的，對牢什麼多，樣子便會跟什麼相似起來。遊忽的眼睛愈長愈美，眼睫毛特別長，鬈鬈曲曲的貼在上下眼皮，眼珠子黑中帶啡，眼睛如桂圓一樣圓大，真真正正是亮晶晶水汪汪。她的髮型也梳理得像洋娃娃一樣，額前劉海左右束着孖辮，加上她本身長有一塊娃娃臉，四方城鄰居都愛讚美說：「噢，長得真美，真像一個洋娃娃。」說時又不忘捏她的面珠，有時捏得肉緊了，捏出一個紅印來，她也是不吭聲，又乖乖順順的溜進房間。四方城鄰居一邊劈啪麻將，一邊取笑遊忽母親：「妳真好命，看妳這副丫烏相，竟生出一個這樣的俏女兒，都不知是否在街上拾回來的。」她母親也就回敬一句：「妳恨不得那麼多，不只靚，我孩子又乖又靜，從不要我心煩，是世上最易帶的小孩。」人們都想不到遊忽的母親會生出一個這樣標緻的女兒，的確，遊忽母親的樣子雖不算醜怪但只屬平平無奇，怎樣想也想不到會生出一個樣子如此娟好的女兒來，十足十洋娃娃的餅印。

事實上，慢慢地，四方城鄰居都好像忘了遊忽的原名，都開始「娃娃」、「娃娃」的叫她，就連她母親也改變過來，索性「娃娃」、「娃娃」的喚女兒，不久「娃娃」便成了遊忽的暱稱。說不定她十一歲取兒童身份證時，填的就是「娃娃」二字。而她的洋娃娃又被給予另一名字，不過，這完全是出於遊忽自己的心思。遊忽是家中獨女，加上大人都說她像洋娃娃，不多久，洋娃娃的名字，便順理成章被她稱為「妹妹」。別的孩子都貪新忘舊，新買的玩具未變舊便換更新的，遊忽相反，一個「妹妹」就足夠了，母親也省得花錢買玩具，姊妹情深，睡也「妹妹」吃也「妹妹」，有時做家課也將「妹妹」放在身旁，形影不離。

遊忽基本上都是正常女孩一個，除了少了一點人聲之外。不過，白天的世界好正常，夜間就深沉得太與年紀不符，失眠習慣不改，遊忽在床上少則也要個多小時才能入睡。但遊忽並不以為這是問題，因為事實上她無從比較，「妹妹」不也是跟她瞪大雙眼嗎？她意識上甚至不知道有「失眠」這兩個字，她以為每晚睡覺前讓腦筋胡亂攪動一下，跟「妹妹」自言自語一番，是正常不過的事。隔鄰B女比她高一截頭她知道，因為這是明明可比的，但睡眠的世界只有她一個人，不，她和「妹妹」兩個「人」，與其他人毫不相干。

有時失眠過後，遊忽眼睛會微微鼓脹，眨動時會感到一種刀刮的灼痛。另邊廂，不知是純粹巧合還是心有靈犀，可能「妹妹」守夜撐大眼睛當守護神當得太多，很多個晚上沒有安睡，又或者給遊忽直立躺臥躺臥直立的旋轉得太多，「妹妹」的眼睛開始出現了小毛病，張合之間都不比以前順暢，有時中途被卡着，睜不大也合不來，變成半睜半合的無精打彩，卻有另一番吸引。起初「妹妹」眼睛卡着也不知怎辦，不多久遊忽便學懂，只要用力捏「妹妹」的面珠，或在「妹妹」的頭殼上敲打兩下，眼睛又會活動自如起來。

「娃娃，媽媽給妳買個新的『妹妹』好嗎？」每年，遊忽母親準會有一次待女兒特別細心，就是娃娃，不，我不應跟四方城鄰居一派口吻，是遊忽才對，就是遊忽每年生日的日子。遊忽臨近七歲生日的一天，遊忽母親這樣問女兒。她女兒只撇撇嘴擰擰頭，用動作表達拒意。她母親百思不解，這個女兒乖得可有點過了頭了，有新的洋娃娃都不要。她不明白，這款洋娃娃在市面上雖是大量生產，對遊忽來說，兩歲大的「妹妹」卻是獨一無二的。

結果，生日的禮物只是一個生日蛋糕，點了兩根蠟燭，一根給自己，一根給「妹妹」。蛋糕切罷就是深夜，一件蛋糕當晚飯吃，省得煮飯。

夜裏，一切如常。擲骰子擲了今天是失眠。又是失眠一天。

遊忽往常的把玩洋娃娃，將「妹妹」搖呀搖，搖呀搖，搖到外婆橋。忽然間，搖呀搖，自己沒有搖到外婆橋，洋娃娃的眼珠子卻一個骨碌的給搖了出來，眼珠飛跌滾在地上還打了一頓圈子。「妹妹」的眼睛好像被挖了出來，只剩下兩個黑洞，如空的核桃。下意識反應，遊忽嚇得連忙將娃娃——她的「妹妹」，兩年來第一次，摔落地上，自己縮在床的一角直哆嗦，夜闌人靜，靜得只聽到自己的呼吸聲，和時鐘跳動的滴答聲，也不知在床上蜷縮了多久，天空已經捲起了一片魚肚白，遊忽終於體力不支而癱在床上睡着了。睡不香甜，夢中看見一雙眼珠在空中飄來蕩去，撞向牆壁又反彈地上，如慢鏡頭的壁球，又像孤魂野鬼尋找主人的歸宿。時值冬天，床單被褥卻滲了汗水。

翌日母親比女兒早起，走進女兒房間，看見「妹妹」倒在地上，面部朝下屁股向天，她含含糊糊地嘀咕了兩聲：「真是爛睡，睡到連妹妹都踢落街！」自己便俯身拾起娃娃，好將它放在女兒的枕邊；非常奇怪，她絲毫沒有察覺到，娃娃已變成了一個有眼無珠的可怖怪物。才踏出房門，她一腳踩中了一顆如葡萄的圓形物體，差點兒絆倒，這使她注意到了——地板原來已蓋了薄薄的一層灰塵，好久沒有清潔過，她於是拿來掃帚，隨便的前後左右掃了一翻。霉爛了的葡萄物被一堆塵埃和頭髮包裹着，如屍體伴着陪葬品，給掃走了。

日頭已經照射到西邊，遊忽終於從一片混沌中甦醒過來，外邊客廳響着熟悉的劈啪的聲音。由於一夜沒有安睡，遊忽的眼睛腫得像一個蒜泡。她習慣性地抱起「妹妹」親一下嘴，才湊近，娃娃空洞的眼核放大十倍的迎面擲來，遊忽方才想起昨晚發生的事。不過，經過第一次突來的震驚，她今趟可鎮定多了，她並且想起了昨夜眼珠尋找主人的噩夢，便急着想起了要拯救「妹妹」。她伏在地上搜索，在房間一角找到了一隻眼睛，另一隻眼睛，翻天覆地的找遍每個角落，卻不見蹤影。她拿起了尋獲的一隻眼睛，用力的嵌入「妹妹」的眼洞，軟膠的眼皮向內翻進，眼球一點一點的給擠壓進去，這是遊忽生平第一次動手做的手術，比很多醫生還要用心緊張，眼球已差不多完全鑲嵌進去，只微微的凸了出來變成一個凸眼娃娃，才輕輕一按，又過了頭眼球凹陷進去，穿過眼皮滾入了娃娃的肚內。原來娃娃是空心的，眼球被吞進了娃娃體內，搖動時眼球在肚腹和頭殼內反彈打轉，發出鼓鼓的聲音。眨眼娃娃變成一個發聲娃娃。遊忽把兩隻小指頭插進「妹妹」兩個眼洞內，欲把眼珠子從「妹妹」的體內掐出來，但小指頭伸至最盡，怎樣也掏不出眼珠來。

情急之下，遊忽抱着娃娃拔足跑出廳外，只見母親與四方城鄰居在大戰四方城，劈里啪啦，麻將飛碰。

遊忽抓着母親肩膊，母親即時反應：「不要拍媽媽膊頭！」膊頭好像觸電的一把甩開女兒無助的手。下家伸手捏遊忽面珠，「真是嬌俏，娃娃一樣」，上家一聲「娃娃」、對家一聲「娃娃」，母親甩了手上的牌才轉頭望女兒，「嘩，妳怎麼搞的，靚娃娃變爛睡豬，睡到連眼袋都走了出來！」連眼袋都走了出來，不說還好，一說遊忽悲從中來，正當她母親大喊一聲「食！」時，遊忽，在母親和她的鄰居面前，生平第一次大開金口，打破沉默，聲浪蓋過了其餘眾人，終於忍不着——「哇」的一聲喊了出來！

（原載《作家》2001年2月第9期；原名〈都是娃娃惹的禍〉。收於《病忘書》）

#疾病

潘國靈的第二部小說集《病忘書》，以疾病眼光來觀照世界，猶如手持一把鋒利的解剖刀剖開社會各種病徵。極端美學時而又夾雜着令人哭笑不得的黑色幽默。其中，集內〈母與女〉與〈病娃〉二作前後創作而成，可堪並讀，視為「姊妹篇」亦可。創作的關聯性在於，二作都以母女為題材，一篇寫出另一種「血脈相連」一篇寫出另一種「血脈疏離」，表現手法一狂撥張揚一靜謐陰森。遊忽這角色在二作以女角登場，在其往後作品中往復出現，時女時男。潘國靈曾以遊忽之名發表詩作，遊忽恍若作者化身，但作者亦曾言，《病忘書》是一本「外向型」小說，書寫對象大多與自身距離頗遠，人物、故事與情節都有着高度的虛構性。按《病忘書》後記記載，〈母與女〉的鬼故事之所以信手拈來，因為潘國靈本身就是聽鬼故事長大的孩子；〈病娃〉則取材自大姊姊，因她自小見過眨眼娃娃的眼珠突然飛甩，因而造成對眨眼娃娃的恐懼。生活素材轉化成故事，〈遊樂場〉又是另一佳作。

如果《病忘書》的疾病眼光是向外掃視的，作者以小說來給社會診病；來到《失落園》，作品又偏向「自省型」，如〈病辭典〉等，以自身身體經驗作為探照燈，觀照自身與他人、社會的距離。由是，在小說世界裏的「疾病書寫」，也有着作者所言的雙重旋律擺盪或面向。

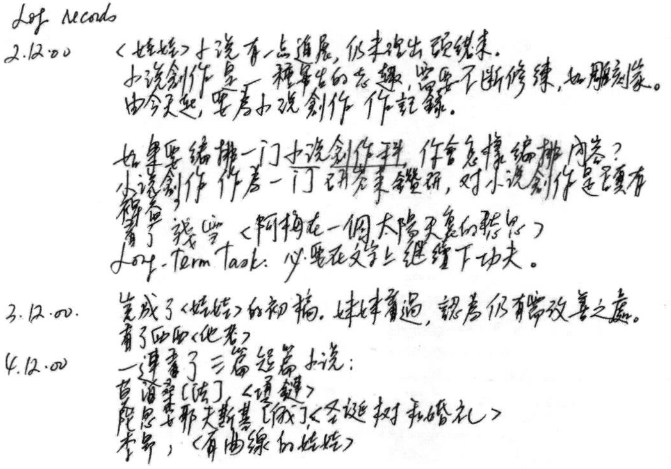
Log Records
2.12.00 《娃娃》小說有一点進展，仍未寫出頭緒来。
小說創作是一種畢生的志趣，需要不斷修煉，如雕刻家。
由今天起，要為小說創作作記錄。

如果要編排一门小說創作科，你會怎樣編排內容？
小說創作作為一门研究来鑽研，对小說創作是否會有
裨益？
看了殘雪《阿梅在一個太陽天裏的愁思》
Long-Term Task：必需在文字上繼續下功夫。

3.12.00. 完成了《娃娃》的初稿。妹妹看過，認為仍有需改善之處。
看了西西《他者》
4.12.00 一連看了三篇短篇小說：
莫泊桑［法］《項鍊》
陀思妥耶夫斯基［俄］《聖誕樹和婚禮》
李昂，《有曲線的娃娃》

小說創作是一種畢生的志趣，需要不斷修煉，如雕刻家。

——潘國靈手記

一把童聲消失了

一、學校

學校是一座囚房。學校是一個天堂。學校是一個社會縮影。學校是一個樂園。學校是一個逃避家庭的地方。學校是追求學問的地方。學校是意識形態工場。學校是政府的實驗室。學校是投資所。學校是人力資源中心。學校是職業先修訓練場。學校是大熔爐。學校是大分隔。學校是學校是，學校是不如你我所想像。

學校是困獸鬥，一個初中學生如是說。

二、界線

每個人一生都有多條界線要跨越。由母親體內跨進世界。由幼稚園跨進小學。由小學跨進中學。由中學跨進大學。由大學跨進社會。由家庭跨進個人天地，又由個人天地跨進另一個家庭。由家庭跨進醫院或老人院。由醫院跨進天堂或地獄。

當然，每條路都因人而異，但又好像殊途同歸。

我要說的是一個叫如嵐的男孩的故事。他在人生路上，尚在初始階段，剛剛跨越了一條界線。

兩年前，如嵐由小六升上初中，他考進一間歷史悠久的名牌英文中學，懷着戰戰兢兢的心情，他神氣地跟父母說：「我要自立了。」父母聽了都笑了。一個十一歲的小孩說要自立，的確是好笑的，但「我要自立了」這句話背後，象徵了如嵐懵懵懂懂的成長意識。

第一天上課，同學是陌生的，老師是陌生的，校園是陌生的，語言是陌生的，他的角色也是陌生的。首先的衝擊是語言，早會說的是英語，唸的數學、歷史、科學、經濟等課文也全是英語；他在小學時英文科成績雖名列前茅，但到底是中文小學，突然間，他知道，果真是，一山還有一山高。

三、垃圾

以下是事件一。

惡形惡相的世史科老師威廉莫着同學翻到課本某一頁，那頁列了一個個中國朝代的英譯名稱，他準備隨便抽選同學，好叫他們一一譯回中文。在等候金手指點選的靜默中，如嵐的心跳得無比劇烈，他避開與老師的視線接觸，盡量把下巴貼着頸項，因為他對書本上朝代的英譯名稱全無頭緒。他看到很多同樣貼着頸項的下巴。

被點選而張大嘴巴不懂作答的同學被罰繼續站立，第一排第三個同學站立。第二排第四個同學站立。第七排第五個同學站立。

站立。站立。站立。

站立。站立。站立……

每一個站立，都引起了威廉莫嘴角的微微抽動，一種不動聲色的冷笑。

貼着頸項的下巴紛紛變成站立的木頭。如嵐記不清到底有多少樁。

最後，一個由原校小學升上中一的同學被點中了。「Zhou，周代；Qin，秦代；Han，漢代；Tang，唐代；Song，宋代；Yuan，元代；Ming，明代；Qing，清代……」這名同學竟然把答案一一說出，獲得了“sit down”的禮待。這名同學也許有點沾沾自喜，而目定口呆的如嵐，隱隱然看到他與原校生，原來並不在同一條起跑線上開步。

一輪突擊，虛驚一場，但無論真驚還是虛驚，其實都相當無辜，因為那些朝代的英譯名稱，威廉莫並沒有在課堂上教過。

那些突擊以後還久不久出現。那個威廉莫也必要令人無地自容不可，光是站立已經滿足不了他，他喜歡罵不懂作答的同學“rubbish”，然後嘴角微微上翹，擠出猙獰一笑。碰着面皮薄的，在眾目睽睽下，那個由威廉莫口中擲出的“rubbish”飛鏢，準會刺得人難堪。如嵐某趟也不幸成了「垃圾」。這麼多垃圾，那班房就是一個大垃圾桶了。

威廉莫也許是那種抱着復仇心態而執教鞭的老師，同學都說他心理不平衡。但只管暗地裏說，面對他時只得噤若寒蟬。

四、同謀

但別以為同學都是弱小羔羊。十一、二歲的小鬼子已挺懂得欺善怕惡，在惡老師面前噤若寒蟬，當遇上善良老師，就馬上形勢逆轉，小鬼當道了。

被戲弄得最徹底的是一個叫登勤（Duncan）的外籍英語教師，她上堂簡直是活受罪，同學好像要把平日受了的氣，都一下子發洩在她身上似的。欺負的手法層出不窮，且不是個別一兩個，而是到了集體批鬥的規模。

手法之一，是在轉堂時把班房的光管全數熄滅，然後由一同學在黑板上畫上老師的大頭，跟着在粉擦上插上三枝粉筆，正正中中放在黑板邊上。老師進入，眾同學不懷好意地說："Good Morning, Miss"，然後齊齊三鞠躬再來個家屬謝禮。外籍老師縱然不明白中文也不明白中國殯葬儀式，但她不可能不明白這種歹毒的玩笑。但這位老師總是啞忍，不會懲戒，嘴巴圓鼓着自顧嘮叨，有時兩唇抿成薄薄的一片，看起來就像一個人肉出氣袋。眾小鬼都看準她的弱勢，她大發雷霆後偶爾也有片刻安寧，但待她稍微退縮同學又咄咄進逼愈發變本加厲。

如果初中學生還算是白紙一張的話，那孟子的「人之初，性本善」便受到活生生的質疑，在某些同學的臉上，荀子的「人之初，性本惡」看來更佔了上風。又或者，這些二千多年的爭辯本來就沒多大意義，一個人本來就可以是天使與魔鬼，正邪兩立的化身。

如嵐天生稟性純良，看到這些情況，他於心不忍。但在三鞠躬的作弄中，難道他沒有跟隨大伙兒把腰板也彎了三次嗎？一個人怎可能一面同情一面殘酷呢，他想，但同學的聲勢那麼浩大，形成一隻集體的手，往他腰板猛力地摁下去。在自願或不自願之下，他成了同謀者。他想拿起石頭擲向罪人，但石頭自他手中滑脫而擊在腳上。

他還記得一次他有份參與的惡作劇。英文作文課上，後排的一名搞事分子拍拍如嵐的肩膊，說：「喂，你問登勤問題，幫我引開她視線。」不知怎地，如嵐照做了，他臨時想出一個生字請教登勤老師，就在她解答之時，搞事分子吐出口中的香口膠，偷偷地放進登勤的裙袋。當下，如嵐感到一種成功與挫敗交雜的感覺，他分不清楚，他如此合作，到底是出於同學的淫威，還是出於自己的怯懦，還是他潛藏的劣根被彈撥起來；他感到悲哀，夾雜着恐懼，以及一絲的興奮。

學期尾，同學把登勤老師都玩得索然無味了。登勤老師十分悲哀地說："I'm in love"。沒有人有反應。只有如嵐感到愕然，老師 in love 與這班不肖學子有何相干呢，難道她一時感觸？聽真，如嵐明白了，登勤說的，其實是："I've enough"——「我已經足夠」，即是說，我這個學期忍受你們的，已經十分十分足夠。然後她說，暑假將返英國老鄉度假，好紓解這學期飽受的氣。性格決定表達方式，登勤積壓的不滿，始終以溫婉的方式表達，沒博得多少同學的同情。如嵐環顧四周，嬉笑的學生依然嬉笑呆坐的學生依然呆坐睡覺的學生依然睡覺。他的心如被刀鋒滑過，一陣悲涼急升。這是登勤老師給他們，也許應該說是給他的，最後一課。

五、閹割

listen to the cheerful cry hola-hi, hola ho,
is my true love passing by, hola, hila-ho,
then the voice fades down the street, hola-hi, hola ho,
that was not my darling sweet, hola, hila-ho…

音樂課室中飄送着童聲合唱團的歌聲，多麼清脆、純美、稚嫩。其中，有如嵐的聲音。

中一的如嵐，還未轉幼孩嗓子，他唱歌的聲音多麼動聽。他被徵召入學校的童聲合唱團。童聲，treble voice，世上最清純的聲音，如此清純，以至歷史上曾出現過一種閹人歌手（castrato），將男孩閹割以永久保持其獨特的高音聲調。如嵐當然沒有被閹割，童聲只是一種過渡，多年後若他回想，這只標誌着他在人生路上，曾經處於多麼稚嫩的階段。

但童聲之美的另一面，是發育期的相對遲來。回到班房，微弱的尖聲穿透在四周愈發厚實深沉的中低音之中，彷彿一把小提琴，孤立無援於一群中提琴、大提琴與低音大提琴之中。

在這稚嫩的狀態中，從男孩子欺凌無日的生態中，一個弱肉強食的世界已活現眼前，當時他可還沒知道世界上有一個生物學家，在百多年前已說出「物競天擇，適者生存」的道理。

男孩子的世界是殘酷的。而因為仍處於稚嫩，殘酷張牙舞爪時便來得更是赤裸，不加虛掩的如初生野獸。課堂上演欺善怕惡，課餘時間如早會之前、轉堂空檔、午飯時間，情況就更加失控，在無王管的狀況下，班房儼如困獸鬥，從十一、二歲的男童群體中，已預示了明日世界裏所可能有的可怖。

困獸鬥中，不同野獸，各從其類。群體中總有帶頭蝦蝦霸霸的獅子；獅王旁邊總有些附和的隨從，如狐狸；有些機靈如老鼠，雖然一踩便死卻最懂得找洞躲閃；有些則如變色龍盡量將自己隱去以求自保；少不了的是坐以待斃任由屠宰的弱小綿羊。而鑑於男孩發育的不平均，身體的高矮、力度的強弱可以有很大的懸殊，更強化了初中班房變身鬥獸棋格局的特色。

班房內一直流行一種「偷襲下體」的遊戲，有幾個同學尤其樂於此道，並不是真正傷及下體，而是乘你不知，攻其不備，一手偷襲過來，施展一招「猴子偷桃」，隔着褲子抓着你的要害，此時偷襲者更會大叫一聲「閹」，象徵勝利的呼叫。

如嵐天生不是獅子，也不欲成為綿羊，大部分時候，他扮演的角色是變色龍，不是察色而變看風駛舵的變色，而是盡量將自己從背景中淡出，令人不大在意自己的存在，好保着自己的安全。關鍵是低調、沉默、自閉。

沉默發揮了「保護色」作用，但滋味並不好受。每天早上七時多回到班房至八時半上早會之間的等候時間，如嵐乾巴巴一個人靜靜坐着，苦悶、壓抑伴着沉默而來，這麼沉靜彷彿可以變成一塊石頭，無人知曉。這不是一天半天的事，而是，日復日永劫不復地循環。假以時日石頭也許會風化的。

沉默者永不會是少數，不少同學也是沉默分子，但有些人是沉默得如無風的天空，而敏感纖細的如嵐，卻是沉默得如籠罩的烏雲，表面沉默內裏翻騰，將周圍一切盡看在眼內默默檢視。

但「保護色」也不是永遠管用的，沉默並不永遠免於招惹，因為沉默本身就是一種弱者本色。當獅子老虎玩厭了綿羊，就會找上沉默者的頭。

「閹！」這種歡呼聲施展在如嵐身上，並不止於一次。有兩個同學特別喜歡以他為目標。他沒有覺得特別難堪，有時覺得騷擾，有時反而有一種莫名的被偷襲的興奮，一種原初的性意識從兩腿之間浮升上腦。偶爾他會把伸來的手推開，但大部分時間他沒有反抗。爆笑聲消退，身體的東西沒失掉一斤一兩。真實的閹割只可能發生一次，絕不可能三天兩天便隨便來一回的。

這些同學的「閹人情意結」彷彿是與生俱來的，不知道這與佛洛伊德的「閹割焦慮」說是否有關，但在男校圈子中，這的確是司空見慣的，甚至可以成為區別男童與青少年的分野，真的，這種赤裸裸的性遊戲，無需教導也無需管制，在升上稍高年級後，便自自然然地消失。

六、反抗

隨着時間發展，如嵐對於自己扮演的沉默者角色，愈發感到厭倦。他不斷跟自己說，我要作出改變，我要將自己由沉默者變成強者，我要將自己由被忽視者變成受人注目的人。這股聲音在體內每天都響上百回，但只有他一人聽見，猶如耳鳴。他感覺體內猶如有一隊叛軍，在密謀造反，但在未成陣勢之前，絕不聲張。他每天就在默默調遣體內的軍隊，但總覺軍力太弱，潰不成軍，出擊無時。這過程極其煎熬，比魯迅說的「鐵屋中的昏睡者」更堪虞，因為他並沒有真正的昏睡，外邊也沒有真正的吶喊，沉默與吶喊者藏身於同一個人的體內。他在鐵屋中甦醒過來，卻發現自己斷了聲帶，吶喊不出。

班中的頭目，有些已找上了他的頭。一個小頭目在一年間長高了兩個頭，好比獅子長了利爪更加橫行無忌。如嵐的頭頂只及小頭目的肩膊，但小頭目好像還不滿足，一次，他強行拉着如嵐，用力把他的頭顱按在他的褲襠下，夾着一些粗話，小頭目迫令如嵐用鼻子好好嗅他從褲襠滲出的「男人味」。如嵐極力頑抗，但小頭目的力氣佔了絕對上風，如嵐的頭顱被撳到他的褲襠之間。或者，如嵐還應「感激」小頭目「手下留情」，沒有進一步叫他如韓信一樣蒙受「胯下之辱」。不過，小頭目沒這樣做，純粹因為他當時站立的位置背靠着牆，而如嵐實在是沒法子鑽進牆壁裏去的。

如嵐母親曾跟他說：「不要爬過人家的褲胯，爬過了，你一生就高不過他。」這話顯然是缺乏科學根據的。韓信後來是否一輩子也比欺侮他的淮陰惡少矮小，歷史上也沒有記載。不過，很小年紀，如嵐已懂得以比喻性來理解母親的話——褲胯不僅在兩腿之間，褲胯是任何人欲加諸你身上的恥辱；高也不僅是身高，而更是尊嚴的高度。

人說社會可將人馴化，可沒說，社會也可將馴獸變惡獸的。好像蜜蜂，本來是純良的，但當遇到人襲擊時，就凶猛起來，不惜伸出尾巴的毒刺螫人，雖然明知後果是同歸於盡。又像壁虎，牠本來是怕人的，看見人便退避三舍，但如果你咄咄進逼死捏着其尾巴，牠便不惜折斷尾巴，把飛脫的尾巴鑽進人的耳孔。如嵐不知道壁虎是否真有這本領，他懷疑不過是母親說出來唬嚇小孩子的。

直至他伸出第一拳，他知道，這是可能的。

壓力煲終於爆炸了。一個比他還要矮小，頭髮染了啡金，穿一對尖頭鞋，行路時鞋底碰撞地面發出踢躂聲，喜引人注目的小霸找上了他的頭。如嵐已記不清楚小霸如何欺負他，他只記得，他當時竟然出手還擊，一拳打在小霸的胸口上，這拳頂多只出了五成力，他不在意擊傷他，而只希望把他攔退。豈料小霸受了一拳後，竟然揚起腿，用膝蓋撞向如嵐的下體，他即時痛得不得了，但勉力忍着，不把痛楚表現出來。小霸還以一擊後，閃身走了。

如嵐返回座位，坐下，因為他痛得必須把身體曲起來，相比於之前同學「猴子偷桃」的下體施襲，這一腳可歹毒多了，因為對方用的是全身體最堅硬的部分——膝蓋，可以想像衝撞力有多大。他後悔自己出拳太過留力，也後悔自己怎麼這麼容易讓對方閃身開去，這證明他突如其來的頑強，還是不脫本質的軟弱。更何況他敢於出拳可能不過是對手比他還要矮小。他眼中有淚，嘩啦嘩啦的在臉上流，分不清是因為痛楚還是軟弱之故。但他知道不可以讓別人看到他哭，否則剛才的強悍便益發反襯出自己的軟弱。他把頭伏在桌上，面部可以觸到木冷，鼻子可以嗅到木香，疼痛的感受慢慢一點一點消散，抬起頭來，眼淚已經乾涸了。

這是他第一次的反擊，反擊得非常蹩腳，但最少證明，他不是任人魚肉、逆來順受的沉默者。

七、變聲

出過第一拳後，第二拳就比較容易。他向自己許諾，如果再有任何人把他的頭壓在大腿之間，他一定會揮出狠狠一拳，再不會留下五成的力氣。不需等多久，一個綽號「老虎狗」的同學，終於激起他的拳憤。

「老虎狗」，單看其綽號，便知這人不好惹。情況是這樣的。一次，「老虎狗」走經如嵐書桌，問也不問，一手拿走放在如嵐書桌上的電子計算機，只冷冷說了一聲：「借來用！」他一定以為如嵐會啞忍，但如嵐用力捉着他的手，說：「我不借！」「老虎狗」向他怒目而視，以為用眼神可以把他嚇退，但如嵐的手沒有甩開，「老虎狗」眼見局面僵持，便說：「還你便還你！」但他沒有把計算機放回原來位置，卻是讓手指頭一鬆，計算機平白無故地往地上跌。

於是如嵐揮出左拳，再揮出右拳，打在「老虎狗」的胸口上，這次他沒有留力，因為他清楚聽到，打在對方胸口上發出的啪啪聲，真是拳拳到肉，奇怪的是如嵐胸口其實也捱了幾拳，卻絲毫不覺痛楚。如嵐的拳比對方出得更快更狠，未幾對方已經停下手來，而如嵐的拳卻好像開動了的摩托一樣，熄掉開關後還要等好一會才停下來。那個慣於作威作福的「老虎狗」，竟像喪家狗一樣無聲的走開了。如嵐把計算機撿回桌上，一聲不響地坐下；這時是午飯差不多完結的時候，很多同學已經吃飽了飯回到課室中，也因此有幸目擊這一場「拳賽」，如嵐心想，他們一定看得目定口呆，雖然他並沒有轉臉掃視他們一眼。

計算機抵受得住與地面的碰撞而沒有壞掉，一如如嵐的胸口抵受得住拳打而不至撕裂。他不知道世界拳擊運動是如何產生的，但他主觀以為，發源地有可能是在男校的班房。

那次事件並沒有鬧到老師的耳中，「老虎狗」也沒有報復，好比狂風掃落葉，一輪喧囂後，又若然無事地歸於平靜。但情況已發生變化。如嵐在班內的角色已不一樣，不再是沉默者不再是退縮者不再是怯懦者，人家對他的觀感好像突然改變過來。他竟然要訴諸暴力來獲得別人的尊重。他上了暴力的啟蒙一課。老師每次知道同學打架，撩打的還手的總是雙雙受罰，搬出的道理總是：「我不理會哪個出手，總之打架就是不對！」這一次後，他開始懷疑暴力是否必然是錯誤的——如果暴力成了唯一讓人抬得起頭來的方法。

某晚如嵐做了一個夢。夢中縈繞着他平日排練合唱團的歌聲：

listen to the cheerful cry hola-hi, hola ho,
is my true love passing by, hola, hila-ho,
then the voice fades down the streetttttttttttt…

奇怪唱到這裏，他的喉頭卡住了，聲音一直拖長下去，像唱機電池充電不足，聲音從高音一點一點扭曲成一把怪怪的粗糙聲。

「呀」的一聲，如嵐從噩夢中驚醒。

奇怪，這把聲音如此陌生，分明是一把男子的聲音。

如嵐已經記不起，什麼時候他清脆的童聲一下子轉成男子的粗糙聲，有時他懷疑這只不過在一夜之間，又或者是在這一場「拳擊」之後。他長了一把跟父親接近的聲線。未幾，他退出了童聲合唱團。這連環數拳可能還一下子把他的胸膛打得寬闊起來，他的胸膊愈發擴闊，他的聲線愈發低沉。

他正正式式由一個男童，長大成一個青少年。

一把童聲，消失了。

（刊於《文學世紀》2004年7月號。收於《失落園》）

#消失

消失是潘國靈創作中貫徹的脈絡之一。作者首個發表的短篇小說〈我到底失去了什麼〉，寫一隻一夜突然離奇消失不見的黃蝶標本；《失落園》中的〈面孔〉寫一張因意外而失去原貌的臉孔；〈一把童聲消失了〉則寫及男校世界困獸鬥裏，一把男孩童聲消失的故事。青春殘酷有着真實的成長經歷，童音的消失伴隨着自我保護及反擊的能力而來，在成長中充滿喻意。至《親密距離》，多篇反覆彈奏消失與復現的母題（如〈遊戲〉、〈巴士無窗〉）。消失是一種感知、情緒，也是一個或迅速或緩慢的過程。一些東西失落或行將失落，作者隱隱然有其預感，或出自寫作的本能，才有了文字的召喚，儘管召喚回來的已不是原來自身。潘國靈寫及失物、失城以至失蹤的人，長篇小說《寫托邦與消失咒》將寫作推向另一極致，小說寫及一個全然消失但以另一種形式不斷「在場」的人（乃至隱修群體），在作者筆下，消失開啟出繁花似錦的故事，捕捉社會物事狀態，探挖存在的本相，小說之外，散文《消失物誌》又打開消失的多重歧義。對消失敏感如斯，也許真是一個可看到幽靈的人。

遊樂場

他那麼陶醉於身體的不平衡，他以自己身體為軸心，不停地轉圈子，他說：「地球不也在自轉嗎？月亮不也在自轉嗎？」家人總企圖阻止他：「停下來！不動一刻不行嗎？」

他喜歡轉圈子，他喜歡自己是一個陀螺。在轉圈的時候，他將雙眼瞇成一條線，四周的景象如快速搜畫般鑽入眼簾，靜止的景物變成動態，斷裂的時光變成連續，他轉圈多久，影像就在他腦海中曝光多久。他喜歡這種自製的眼花繚亂感覺。然後把轉動的身體停下來，閉上眼睛，享受純粹轉動的快感。這個時候，他分不清到底是身體在轉圈子，還是世界圍着他跑圈子，介乎物我兩忘了。他暢快極了，他不能理解，家人為什麼老是阻止他，他為了轉圈子曾經捱過不少罵，甚至吃過家人的藤條炆豬肉。

他記得小時候離家不遠有一個遊樂場，遊樂場內有一個氹氹轉，氹氹轉是他的秘密花園，他可以在這裏肆無忌憚地轉圈子。氹氹轉的底板是圓形的，好像一個生日蛋糕被分成八個等份，每一份被髹上紅藍黃綠不同的色彩。他雙手緊握氹氹轉的扶手，出力推動氹氹轉，氹氹轉由靜止逐漸加速起來，然後，準備就緒，雙腳一前一後踏上氹氹轉。他閉合雙目，可以看到旋轉的鮮花、翻滾的草原、飄移的白雲、流動的太陽。這是他一天最快樂的時光。他沉醉於天旋地轉的感覺。

每天放學回家，他都會偷偷溜進遊樂場，他不敢逗留太久，怕家人發現，陀螺轉夠了，踏着輕浮的步伐回家，地上的石屎路彷彿成了軟綿綿的床褥又像騰雲駕霧的天空，一直至雙腳佇立家門前，沉重的現實感又從書包背囊下垂至腳尖，跨過家門，雙足實實在在地踩在堅硬的地磚上。

二

「喂，小陀螺！」

「喂，小千秋！」

若不是今早在地車中碰到小時候的玩伴小千秋，今夜他就不會在床上輾轉難眠，回想起小陀螺的日子。事實上，他已經說不清楚多久沒有人這樣喚他。不同的稱謂，是人生一道時光密碼，透露着你與某一個人，在人生軌跡什麼階段中彼此擦身而過。小陀螺，一個只屬於兒時的名稱。

「還那麼喜歡轉圈子嗎？」

「沒了，陀螺磨鈍了。」

一陣子沉默。

他想不到自己還會說笑，笑中有一點無傷大雅的自嘲成分，但這刻蜷在床上，話中又隱隱透出絲絲的悲涼。晨早，東站，傍晚，西站，中途轉車，循環路線。他想想，這也算是兜圈子吧，只是已經不再是自轉，而是公轉，圍着一些不知名的東西公轉。他唯有暗暗跟自己說：「地球不也在公轉嗎？月亮不也在公轉嗎？」

「還那麼喜歡盪鞦韆嗎？」

「沒了，千秋超重了。」

一陣子沉默。

列車高速行駛，寥寥數語，未及交換聯絡，就得下車了。

車門開啟又關合，關合又開啟，人們抓緊最後一秒鑽進車門縫隙。他目送着小千秋的身影被扶手電梯帶走。車身開動，沒握緊扶手的他一時也失去平衡，不過日子有功，只稍微擺盪一下，並未至失去重心。一列列廣告牌掠過行駛中的列車車窗快速閃現，一時之間也分不清是列車在前進還是廣告牌在後退，當下他竟然想在車廂內轉個圈子，但乘客彼此緊挨，嗅着彼此氣息，根本沒有轉圈的餘地。

三

「小陀螺，謝謝你。」

「謝謝我什麼？」

「謝謝你給我推鞦韆。」

這幾天小陀螺來到他的秘密花園，總看到一個小女孩在盪鞦韆。她屁股貼着鞦韆板，一雙小手握着兩條鞦韆索，踮起腳尖細步細步地往後移，然後雙腳從地面甩開，鞦韆架借力前後搖擺，她努力扭動身體，然而擺盪的角度很小，身體的力度總駕馭不了鞦韆架的固執，鞦韆架未幾又復歸懸垂的靜止狀態，小女孩雙腳着地。如是者她重複又重複——小手握着鞦韆索，踮起腳尖往後移，雙腳從地面甩開，搖擺扭動復靜止……

在重複中不覺時間之悠悠。

相對來說，小陀螺的轉圈子可容易多了。但容易與否，盪鞦韆與氹氹轉有一點是共通的，就是總有一種力量把運動阻拒下來。世上沒有永遠擺動的鞦韆，也沒有永遠轉動的氹氹轉。世界可能根本就沒有永遠。無論氹氹轉轉得多麼暢順，它總會愈轉愈慢終至靜止。小陀螺又要出力推動氹氹轉，然後一躍而上，如是者重複着，在重複中同樣不覺時間之悠悠。

這個在馬路旁邊的小型休憩地，是城中一個不為人注意的畸零遊樂場，遊人稀少，卻成了幾個孤獨小孩的世外桃源。小陀螺踩着旋轉的腳步路經鞦韆架，看到咬牙切齒的小女孩，小陀螺突然停了下來，在小女孩背後輕輕一推，小女孩的鞦韆架便擺盪起來，小女孩呼叫起來，呼叫聲夾雜着驚懼與雀躍，小陀螺試探着力度，一下又一下，驚懼逐點被雀躍掩蓋。她看到天空的白雲在頭頂乍離乍聚，有些雲高有些雲低。她看到地上的綠草在腳下擺腰起舞，有些草高有些草矮。

如果可以將時光定格，這片最純真的笑聲也許可以包裹於保鮮紙內。然而，小陀螺不是大力士，他累了，鞦韆架緩緩地停下來，不過小女孩今天已經感到非常滿足，她站起來，欠欠身，以燦爛的笑容向小陀螺道謝。淺淺的梨渦印在通紅的面頰。

童年時光跑得好像特別慢，在氹氹轉的旋轉中、鞦韆架的擺動中，不覺的是時鐘跳動的滴答聲。時間最初的流逝是不動聲息的，後來就有了節拍，最後幾乎與心跳同步了。

「謝謝你給我推鞦韆，最初不是乘着你那道力，我就不懂得擺盪了。」

不經多久，小女孩學會了運用背力、臂力擺盪鞦韆，這時，這對兩小無猜已經以「小陀螺」、「小千秋」互相稱呼了。為了答謝小陀螺，小千秋有時會替小陀螺推氹氹轉，每當氹氹轉開始不敵機械阻力緩慢下來時，小千秋又出力推，小陀螺坐在氹氹轉上唱起小時候婆婆在他床頭哼唱的童謠：「氹氹轉，菊花園，炒米餅，糯米團，阿媽帶我睇龍船……」他唱給自己聽也好像在唱給小千秋聽，到最後，小千秋也筋疲力竭了，她也踏上氹氹轉，跟小陀螺合唱起童謠來。

太陽像那大紅花
在那東方天邊掛
圓圓臉兒害羞像紅霞
只是笑不說話

太陽像個大南瓜
在那高高天空掛
照得滿山歡樂融融
草兒發嫩芽

大嘴巴　笑哈哈
落了也要往上爬
敬它　愛它
我把心願交給它……

四

日子悠悠而過，他們曾經以為，這片秘密花園，將會永遠留守在城市的小角落。

這個秘密花園也不僅是屬於小陀螺和小千秋的。幾個常到的小孩子很快就結成一串。其中一個特別喜歡玩滑梯，所以綽號「Sir 滑梯」，由於是幾個小孩中最年長的，又喜歡做領袖，所以後來人們就叫他做「滑梯 Sir」了。

滑梯 Sir 招招積積地說他攀爬過最高的滑梯，足足有五、六層樓那麼高，沒有人知道他說的是真話還是謊言，因為沒有人看過這一道滑梯，滑梯 Sir 的願望是希望有朝一日刷新世界紀錄，從世界上最高的滑梯滑下來。

「那豈不是雅各的天梯？」小千秋賣弄她從學校聽來的聖經故事。

「不錯，正是天梯！」滑梯 Sir 神氣地說。

秘密花園內當然沒有天梯，也沒有六層樓高的滑梯，有的是一道高三十呎的直滑梯，和一道九曲十三彎的旋轉滑梯。滑梯 Sir 的韌力非比尋常，他可以連續玩滑梯幾十次，爬上滑梯梯級，從滑梯頂滑下來，屁股跌落沙堆，一股痛快襲來，旋即起身又爬上梯級，好像上了發條一樣，如是者一圈又一圈，有永遠用不完的精力。

這個時候滑梯是鋼鐵材料做的，烈日當空下，太陽把滑梯燒得滾熱起來，他們幾個孩子都怕怕，唯獨滑梯 Sir 為着自己所愛表現出大無畏精神，屁股磨擦滑梯有種火燙的感覺，滑梯 Sir 高呼「我着火了！我着火了！」終於有一趟，布料不堪長期的磨擦，他校服褲兩個後尾袋給擦出兩個大窟窿來，平日神氣的他當下也臉紅耳赤起來。滑梯 Sir 雙手掩着窟窿，小千秋雙手掩着眼睛。

這件事發生後，連續幾天也看不到滑梯 Sir。他們以為他從此怕怕了。突然有一天，他又大搖大擺進來，原來上趟磨穿校服褲後，回家給父親賞了一記耳光，於是他唯有稍避風頭。小小的挫折沒有打倒他們的滑梯 Sir，他玩滑梯的技巧愈來愈高超，學會屁股不着滑梯、伏臥、仰臥、側臥，甚至把自己捲曲成蝸牛一樣在滑梯上翻筋斗。

滑梯 Sir 現在身在何方？他們曾經每天見面，後來何以瞬間在彼此生活中消失得無影無蹤？好像玩捉迷藏，本來是玩耍的，玩着玩着卻弄假成真，所有人都不見了。現在的滑梯那麼短小，滑梯 Sir 一定覺得毫不刺激了。他還記得自己當年的願望嗎？沒有高高的滑梯，現在的他會否喜歡玩笨豬跳，或者降落傘呢？他還那麼着迷於向下俯衝的感覺嗎？滑梯 Sir，你現在於地球哪個角落？

五

城市遊樂場的滑梯愈縮愈短，愈拉愈闊，好像秦先生變成大蕃薯。鋼鐵換成了塑膠，沙堆換成了安全墊。鞦韆板也換成了把整個屁股包得密密實實的圈套，鐵鍊換成膠索，長度也大大縮短了。

滑梯Sir已經多年沒玩滑梯了，電動行人扶手梯他卻天天乘搭，而且是全球最長的，連接半山與地面，兩旁住屋與商廈毗連交錯，他搬來這裏，或者是童年「梯子情意結」的暗中作祟。不過，他的生活的確天天都在上上落落，長大後，他沒有做拿粉筆的阿Sir或者拿警棍的阿Sir，他當起基金經理來，自己也是瘋狂股民，每天心情隨着一堆數字的升跌而升跌，上落而上落。他工作的辦公室在城市心臟地帶一幢高聳入雲的摩天大樓頂層，每天從大廈頂層乘搭電梯下來，他都感到一股向下俯衝的離心力，不過這已經不比往日玩滑梯一樣叫人樂極忘形。

行人扶手梯是一條人肉輸送帶，也是一條感情輸送帶，新歡舊愛，來而復返，滑梯Sir記不起在這條扶手梯上握過多少個女子的手，多少個女子的手握實了又甩開了。從每一個女子身上，他潛意識都在尋找一個小女孩的身影，卻總是尋找不果。他基本上是一個活在當下和將來的人，很少緬懷舊事，只有一個記憶方塊，在他偶爾路經遊樂場時一不留神被挑動，是他始終抹掉不去的。

他記得的小千秋好像一個公主一樣。他和小陀螺左右護法或輪流交接地為小千秋推鞦韆，鞦韆擺盪的幅度愈來愈大了，小千秋的笑聲和膽子也愈來愈大了。然後有一天，小千秋對他們說：「你們不用再推我了。」然後他和小陀螺站在一旁，看着小千秋坐在鞦韆板上，小手緊握鞦韆索，鞦韆隨着她身體前後搖擺而前後搖擺，她學會了將身體力度向鞦韆架傳達，已經不再需要背後的一雙手了。

他們也不是沒經歷挫折的。滑梯 Sir 曾經在狹長的滑梯上掉下來，摔得頭破血流。小陀螺在轉圈子時曾經失去平衡，跌在地上，甩掉了一顆牙齒。鞦韆架也曾經向小千秋使性子，把她狠狠摔落地上，弄得小屁股紅腫一片，幸好只要她不聲張，父母還是不會發覺。

皮肉之苦可以嚇怕他們一時，但好像小時候無數次發過的熱，在囂張一番後又失去威勢。氹氹轉又旋動起來，而且旋動得更快更久，鞦韆架又擺動起來，而且擺動得更闊更高；滑梯又再承受重量，幾個人還要頭疊腳腳疊頭扮成列車，砵砵砵砵地滑下來。那種頑強完全發自體內最原始的衝動，不需以意志鍛鍊。如果這份原始衝動可以一直保存下去的話，或者他們日後各自在成長路上就可以免卻不少的畏縮。

六

然後有一天，小千秋對小陀螺說：「你不用再推我了。」然後小千秋擺盪鞦韆的角度，由銳角跨越直角，由直角跨越鈍角；然後有天，小千秋由坐着盪鞦韆至站着盪鞦韆，她身體擺動的姿勢更美妙了，一百二十度，一百三十度，一百四十度……，小校服裙隨風飄揚，在空中開出了大大的一片白色花瓣。小陀螺站在一旁，偶爾錯覺小千秋快要擺出一個半圓來，甚至要超越一百八十度，在空中來一個三百六十度大迴環。如果她真能這樣做的話，或者她就更能領會小陀螺對旋轉的迷戀。如果三百六十度象徵圓滿，鞦韆架擺盪的極限只能是圓滿的一半。小千秋已經不再需要背後的一雙手，為此她曾經開懷地說：「我自立了。」

別人的開懷換來小陀螺的一陣失落，他知道，失落的不止他一人，還有滑梯 Sir。他們好像各不相干地玩着自己的遊戲，然而在轉圈和俯衝之中，不知多少次他們的眼光卻在同一個盪鞦韆的女孩身上相交，旋即又各自讓路岔開。

然後，有一天，小千秋拉着小陀螺的手，示意他坐在鞦韆上。

「我發明了一個新玩意，你一定會喜歡的。」

小陀螺乖乖就坐，然後小千秋開始扭轉鞦韆；不錯，不是擺盪，是扭轉。她沿着鞦韆的垂直軸心，把鞦韆索像扭繩子一樣盤扭，像給兩條本來分開的鐵索紮孖辮，然後她一放手，扭結一起的鐵索像尋找釋放般反方向地旋轉，由慢慢扭轉至加速，終至兩條交纏的鐵索各自歸位兩臂伸直，臨末翻過頭猛然來一股反衝力，餘波陣陣直至完全靜止。

「是我給你的禮物。」小千秋說。

鞦韆變成陀螺，扭轉的時間只是一瞬，這是一份最有時限的禮物；然而又好像一直扭轉至今天，變得無時限性，以至於小陀螺長大後，每回想起，心頭就好像有兩根鐵索在打結揉搓，酥軟的感覺久久不能消散。

七

另外，當年還有一個玩伴，是他一直不欲提起的。

他的名字叫小飛俠，他特別鍾情於一種用鐵通砌成的通心鐵架，他身手矯健，在通心鐵架上如一隻猴子般攀爬自如，可以在鐵通上翻筋斗或做引體向上，上了鐵架就休想他輕易踏回地上。他喜歡攀到鐵架高點，把它當成一個舞台，他們都說他可以當一名體操運動員。

然而他說：「我的願望是做一個踩鋼線賣藝人。」他真的試過把一根鐵通當成鋼線一樣在上面踏步子。他們便說：「除了單桿雙桿，你還可以做一個平行木運動員。」

然而他說：「我的願望是做一個空中飛人。」

故事隱藏悲傷。小飛俠有一個疼愛他的婆婆。婆婆喜歡給孫兒說故事，她告訴小飛俠萊特兄弟的故事。又自己編故事，拿着掃帚扮飛天女巫，逗得小飛俠笑哈哈，小飛俠覺得女巫並不可怕，飛天更是神奇法術。

飛天女巫坐在掃帚上，可以飛天遁地。然後有一天，神奇掃帚消失了。失去了魔法的飛天女巫，一天比一天老了。佝僂的背更形佝僂，身軀彎成一把曲尺，頭顱像一個鉛球般往下垂吊，額角賁起了一個個腫瘤。皮膚皺得像揉搓過的皺紙，密佈的老人斑點像豹紋一樣燦爛綻放。乾癟的嘴唇萎縮成薄薄的兩片。

然而有一天，婆婆進醫院去了，出院後，人就開始不動如磐石，沉默如啞巴。小飛俠在媽媽口中，隱約聽到「中風」二字，小飛俠還以為飛天女巫飛翔時，中了風神的氣流被擊倒了。後來知道並不是故事，小飛俠暗暗歸咎媽媽，怎麼要把家中的舊掃帚棄掉，換成新買的吸塵機。媽媽不要婆婆了。

小飛俠始終沒有被徵召入體操隊，他的體操潛能只有幾個小孩子知道。然後一天，小飛俠有了一個新想法。原來他住所鄰座一幢大廈最近在搭棚子。小飛俠把搭棚子當成一門特技來觀賞。從窗口看出去，幾個戴黃色頭盔的特技人近得可以打招呼，他們一邊攀爬，一邊拿繩子捆紮竹枝。一天打開眼睛，從無到有，像變魔術般，整座大廈被高高的棚子包圍。於是小飛俠想到，長大了可以做一個搭竹棚的特技人。小孩子聽了都沒有反應，只有小千秋說：「那你現在就要多練習了。」

聽到小千秋的鼓勵，小飛俠即時躍上遊樂場內的鐵架，在鐵架上翻起筋斗來。小千秋在旁，興高采烈地拍手打氣。小飛俠於是翻得更起勁了。

真像一隻開屏孔雀，看在一旁的小陀螺心想。心頭頓時湧起一股酸味。這是他人生首次知曉妒忌的感覺。

八

少數人願望成真，更多人願望落空。遊樂場只是他們幾個小孩子生命交錯的一個開站。後來，承載着歡笑聲的遊樂場不知何故凋零了，各自生命的軌跡分開了，各人的願望日後有否成真，除了自己，都無人知曉了。

除了小飛俠。他以一個悲壯的結局宣示願望的成真。

每年都不知有多少宗工業意外。像「忘扣安全帶，建築工人墮樓亡」這樣的小標題，若不是死者照片給放大了，大抵他也如多數人一樣，輕輕揭過便算了。但這幀照片把他的視線吸住了，一個建築工人躺臥於血泊之中，他的樣貌似曾相識，逐漸某人的輪廓在腦中浮現。他，他不就是小飛俠嗎？他打量着相片，雖然多年沒見，小飛俠面孔竟然還是兒時模樣，就好像整個人拉長了，面孔卻不曾長老。

小飛俠倒地了。他的青春被一灘鮮血包裹着、封存着。

長大了可以做一個搭竹棚的特技人。小飛俠夢想成真了。對於一個愛飛翔的人，這可算是最荒謬，也是最美麗的結局吧。

報章訪問了一些專家談工業安全意識。建築工人懷疑沒扣上安全帶。這當然了，小飛俠怎麼能夠容忍安全帶？但身手矯捷的小飛俠，怎麼可能失足呢？還是你又頑皮了，在棚架上踩起鋼線來？還是你在拆卸棚架時，眼前突然掠過飛天女巫的身影，一時樂極忘形而飛身追撲？小飛俠，在你騰飛的剎那，你抓着了婆婆的衣角嗎？小飛俠，在你飛越十八層的瞬間，你小時候愛玩的鐵架，有否剎那間滑過你的腦海？飛翔，就是你永保青春的秘密嗎？

九

重逢未必一定有延續。那次與小千秋重遇後，好一段時間我在地車車廂都格外留神，然而始終不見小千秋的影蹤。但睡眼惺忪時，千百個小千秋又彷彿在眼前掩映。到最後，我還是回復慣性，索性把眼皮合上，閉目養神好了。有時我甚至懷疑，那次重逢是否真的。

從什麼時候開始，記憶變得疑幻似真。一切彷彿無可轉圜地從背景淡出。人如是，地如是。我的童年搖籃，整片的成長舊地，將面臨全面清拆。文字影像如此陳述白紙黑字繪形繪聲，那麼一定是真實的了。多年來一個兒時遊樂場一直存活於我腦海，色彩儘管已經剝落，但它始終繽紛如昔。在的時候我沒看它一眼。或者打從心裏害怕，再見已經無法確認，所謂人面全非，大抵就是這一回事。又或者，在舊區清拆前，那個畸零遊樂場，老早就已經不存在了。

但我到底還是回去了。召喚的聲音，隨清拆的逼近愈發響亮。我說不清楚我想找的東西是什麼，是昔日的自己、小千秋、童年玩伴的身影，還是遊樂場的廢墟？童年舊地四周築起了鐵絲網，我偷偷地闖了進去，踏着細步，每一步都輕踮着細碎的記憶。好像探訪垂死的老人，趁一絲氣息尚存，作臨終的端詳。我的心很靜，四周很靜，但忽然又響起了孩子的笑聲。有兩小無猜在唱歌謠：聽她，愛她，我把心兒交給她……

我被包圍於鐵絲網之中。我四處尋覓，然而遊樂場始終不肯露面。眼前有女子身影晃過，我追上去，她拐了彎，不見了。小時候我們玩捉迷藏，小千秋不就是這樣子？會否在同一時刻，還有別的人聽到消失的召喚，而回來追認過去？我在想念一個人的時候，在她毫不知情之下，她會否同時把我想起？

「小陀螺，還那麼喜歡轉圈子嗎？」

一把聲音在耳邊響起。我忽然不由自主地，原地轉起圈子來。轉圈的時候，四周的景象如快速搜畫般鑽入眼簾。不知轉了多久，我把身體停下來，閉上眼睛，四周快速轉動，掠過了一片繽紛色彩、幾張孩童笑臉。小千秋梨渦淺笑，歌聲很甜。我彷彿穿起了一雙不能停下來的紅鞋兒，我旋起了芭蕾的舞步。我不可以停下來，因為我知道，陀螺停下的時候，就是它倒下之時。我轉呀轉，轉呀轉，可以觸到星星，幾乎就是快樂了。

（2005年4月完成。收於《失落園》）

#記憶的召喚

如果說〈一把童聲消失了〉是一篇春春殘酷進行曲，那〈遊樂場〉可說是事過境遷、驀然回首的一首青春哀歌。記憶的召喚來自地鐵中一次與小時玩伴的重遇，來自城中一角或不為人知的清拆，記憶與當下交錯，如影像錄影帶般回放青春片段。畸零遊樂場有如一片「原初之地」，在成人世界之外，幾個小孩自成天地的「秘密花園」，當中有着成長的記憶與探索。尋常地方在作者筆下頓成了一片青春異境，在成長不可逆轉的步伐下，在社會重建勢不可擋的巨輪下，這片真實也帶有隱喻性的地方仍可能存在於城市一隅嗎？兒童遊樂場誰也去過，但作者賦予兒時尋常物如氹氹轉、鞦韆、滑梯、攀爬鐵架一種瑰麗想像，既塑造角色，又寫出意境，並透視出物事在時代中的變化。而說到底又有什麼真是「事過境遷」？兒時的執迷，日後以另一形式延宕到成人世界裏，美麗與哀愁，又未嘗沒有一份隱隱的殘忍況味。

「返回原地，其實我不曾離開又無可折返的地方，叫原初。」

——《寫托邦與消失咒》

如果仍有「鄉愁」，那不復是因離鄉別井而生，而毋寧說是文學隱喻性的——一段永不能復返的時光，轉化為空間思念，其中最終極的一點，叫生命的原初。

——〈家園的陌生化之路〉，《七個封印：潘國靈的藝術筆記》

失落園

我的名字叫寧默心，我不是神，我是巫，記憶之巫。到我這裏來的人，都希望尋找一片失落的記憶方塊。大部分人，我都把他們打發回頭——如果可以，忘卻更好。這個年頭，記憶那麼廉價，誠心來找我的人，其實也不多。

「寧默心，我的心靈一點一點枯萎，如花瓣逐片剝落。我已經無法記起，初吻的感覺。」一男子道。他眼望前方，眼神卻是倒退的，如果眼睛是靈魂之窗，它顯然被嚴密地封鎖於過去。

「你記得與你初吻的女子嗎？」

「我記得她貌美如花，我記得她叫伊林。」

「你記得初吻的情景嗎？」

「我記得是在一個觀星營之中，那天雲霧繚繞，除了最明亮的天狼星外，其餘的星都黯淡無光。其實，那夜最明亮的星，只有眼前一顆。但我已經忘記了年月日。」

「那已經是多年前的事了。其實，你比很多人記得的都要多。」

「我記得望遠鏡的形狀、營舍的樣子、草地的濕潤，但就是無法喚起感覺。」

「具物是可觸的，感覺是虛渺的。」

「我怎樣才能返回原初？」

「噢，昔日的吻男子，原初是生之始，滅之初。擁有，就是消失的開端。初吻的感覺，在你初吻那一刻就開始消失了。」

「寧默心，我已經無法記起，我曾經美麗的面容。」

「妳沒有拍下照片留念嗎？」

「有，但每次看回照片，就更加提醒我，照片中的面孔，是切切實實地屬於過去。到後來，我甚至覺得照片中人，跟我完全不相干了。」

「那好，妳終於洞悉照片的真諦，照片，就是記錄一瞬間的死亡。昨日的妳已死，連隨妳昨天的如花美眷。美麗曾經給妳驕傲，妳也曾經自恃，失落的時候，就加倍的叫人惋惜。得的多，失的多，世事本也公平。」

「那麼說，寧默心，即使你是巫，美麗也不可能留住嗎？」

「有誰能堵塞指縫，不讓細沙流過呢？」

「我最少可以把指頭盡量靠攏。」

「噢，昔日的美女子，小如針孔，穿得過最大的駱駝。有誰可以停止光陰流逝？」

如果可以，我寧默心面上就不會爬滿蚯蚓般的皺紋，如藤蔓滋生，由表皮鑽進眼耳口鼻各個洞穴。我愈發覺得，對於人世間的許多事，我這個女巫也是無能為力的。很多人找我，其實是想找回青春。我其實也可以施行巫術，給求索者虛擬一刻的青春感覺，但虛擬過後，求索者還不是要返回現實？虛幻短暫的失而復得，賠上的是真實長久的得而復失，那其實是雙倍的殘忍。來找我的人，很多都沒經過深思熟慮，只是抵受不住一刻的失落惆悵。這些人需要的，不是巫術，而是慰藉。我也愈發覺得，自己像一個心靈醫師，多於一個巫師了。

不要問我從哪裏來，往哪裏去，對於這些問題，女巫也是一無所知的。這些問題要問上帝。我並非真的與上帝勢不兩立。只是無法親近光明。

荒地是我的居所。我的居所是一片失落園，城內的一個地下廢墟。在傾垣之前，它曾經是城中一個畸零遊樂場，承載過不少殘缺的歡笑，它何以沉降下來，還是海水淹漲，我不知道。現在這裏還殘留着被荒棄多年的鞦韆架、氹氹轉、搖搖板、滑梯、旋轉木馬。鞦韆架的鐵鍊蝕滿鐵鏽，蝕得那麼深，有誰碰過，鏽味終身不除。氹氹轉在颳大風的日子還會自動轉動，轉動時發起嘎嘎的機械聲，像哭泣。搖搖板裂紋綻開，真的是搖搖欲墜，有黑貓在上面棲息，搖呀搖搖呀搖終歸搖到奈何橋。旋轉木馬有的沒了頭，有的沒了腳，經過歲月淘洗，也許已經成精。滑梯面不再滑溜，粗糙得如磨砂，我時常在上面睡午覺，與毒蛇共眠。

世間的紛擾與我無干。地下世界大部分時間照不進太陽。除了每天的日落時分，夕陽晚照，陽光稀稀薄薄的從西邊岩洞照射進來，打落在洞穴內一面由天然水晶結成的帷幕，透過火籬笆點燃的火燄，外間世界可以顯映其上。我以為自己可以漠不關心，原來不，偶爾我也會看看水晶帷幕。洞穴內陽光稀少，溫度奇低，鐘乳石一柱一柱的生長。多年來我不斷遊徙遷居，企圖把自己從濁世的括弧中圈出來。但城內不斷開發，已經很難找到一處不經勘察的荒地。為求隔絕於世，無人知悉我的存在，我給這片失落園施行詛咒，但願它永不復生，土枯石裂，正常人不得而居，直到永永遠遠。為求安寧，我唯有詛咒。

但我的行蹤畢竟還是洩露了。在這個連地底最深藏的油田、史前最隱匿的骸骨都可以被發掘出來的年代，已經沒有絕對秘密這回事。我很快成為城中傳說，幸好更多人把我當成瘋婦，只有很少人願意相信。相信一個瘋婦的人，本身必然也有幾分瘋狂。偶爾有失落的靈魂到訪，然而失落園只收留瘋子，正常人與我無親。

每一個來找我的人我都記得，因為我是記憶之巫。我可以掌管別人的回憶與失落，唯獨自己，記憶隨年月不斷如岩層般堆疊，積累遞增，遞增累積，到最後因為過於滿溢，反倒打回原形成了稀疏的空白。來找我的人千奇百怪，有人尋找失落的愛情，有人尋找失落的美麗，有人尋找失落的面孔，有人尋找失落的童真，有人尋找失落的靈感，也有些是比較唯物的，譬如尋找失落的一枝筆、一件玩具、一件信物。很多人來過便走了，在濁世中尋找濁世的替代方案，譬如以金錢買青春，買愛情，買童真。如果金錢能買回失落的東西，即使是偽仿的，我也樂於見到。但這也是我的堅持之一，可以尋找替代方案的，就讓他們歸到濁世裏去吧。有的人走了又會回頭，但真正鍥而不捨的，畢竟少之又少。

來找我的多是上了年紀的，心靈蒙上了或厚或薄的歲月灰塵。這天卻來了一個男孩。男孩開聲，有一把介乎稚嫩與粗獷之間的曖昧聲線。

「寧默心，不過是一下子的事，我就失落了一把清純童聲。我開口無法發出清脆的童音，只感到非常的混濁。」

「不錯，孩子，有些失落是突如其來，毫無先兆的。這也好，不用承受失落的漫長煎熬，如大樹的枯萎、石頭的風化。」

「但我真的想保留以往的聲音。」

「沒有一個男孩是不會長大的。你慢慢便會習慣自己變粗的聲線，一如你也會習慣自己變粗的身體。」

「真的非如此不可嗎？」

「不，但代價很大，你必須把自己閹割，並且不可推遲，每過一天，你的聲線就變粗一分。你的喉頭將長出結來，如核桃卡在頸上，永不剝落。」

孩子垂下頭來。

「那樣吧，你唱一首歌謠給我聽。他日你儘管聲線低沉，甚至喑啞，我向你保證，直至你耄耋之年，齒落髮疏，你還會記得這歌謠的聲音。」

我不想成為我爸爸
聲音如樹幹般粗獷
肩膊如石塊般堅硬
從來不懂溫柔之美

我不想成為我爸爸
罵人的聲音很響亮
打人的手掌很粗野
從來不懂陰柔之美

「噢，那真是我聽過最美麗的聲音，連千年鐘乳石都會給融化掉。這首歌曲，是誰教曉你的？」

「是媽媽，是媽媽作的。」

對於瘋子、偏執狂者、濁世所不容者，失落園是一所療養院，他們可以留下來，尋求失落的東西。尋找，必可尋見；叩門，必獲應門，這本來就不是什麼不可思議的巫術。

自言人每天提着燈籠在尋找自己。口裏喊道：「我丟失了自己。我丟失了自己。」

我問他：你叫什麼名字？

他答：名字不能界定我。
我問他：你生於何年何月？
他答：出生日期不能代表我。
我問他：那什麼才是你？
他答：我想了大半生，仍然不知道。
我問他：那你幹嘛來找我？
他答：因為我想，記憶也許是一把開啟答案的鑰匙。
我說：別傻了，記憶很會欺騙人。

影子人終日在兜圈子，尋找遺失了的影子。口裏喊道：「我忘記了把自己的影子放置在哪裏。」影子人總在黑夜出沒，張開如豹子般銳利的眼睛，在暗黑中挖掘影子。

在自言人和影子人身上，我赫然看到「徒勞」二字。他們尋找的東西是本有的，如果尋找不果，是因為意識脫離了自身。意識的重新歸返，在乎一剎那的頓悟，在那之前，是漫長的深淵。於是，我就把他們留了下來。自言人擔當失落園的花王。他悉心種植曼陀羅草、馬鞭草、迷迭香，最良性也是最劇毒的藥，有時贈來訪者一兩片，含在口中，以毒驅毒。又散播荊棘，用荊棘把垃圾捆成花束。我因此才知道，垃圾原來如此色彩斑斕，與旋轉木馬色彩相互輝映。影子人在黑暗中格外清醒，他就當起了失落園的獸醫，管理地上的獸，貓頭鷹、蝙蝠、蜘蛛、毒蛇、蟾蜍、蜥蜴，都在他的管轄之內。他經常對着蜘蛛網出神沉思，彷彿在裏頭可以看到宇宙乾坤。

失落園中沒有時鐘，沒有滴滴答答的聲音算計生命，時間意識回復到還未被精準的分針秒針切割成碎片之前。也因此時間更像一片悠悠長河，然而從日出日落，潮漲潮退，四季交換，總還可以意識時光之循環。

不是所有人都來求索記憶的。也有的想取消、忘記。對於這個，我只感到無能為力。

「我很想忘記一個人，所有關於這個人的聲音、影像，完完全全在我腦海中刪除。」

「這是不可能的。你找錯地方了。」

「你不是記憶之巫嗎？」

「是，但連我自身也有限制。」

「背負這些記憶，我活不下去。」

「其實你已經說出答案。」

「我不明白。」

「只有到達冥府，才可通向忘川。但你不可以回頭。」

他沒有說但我知道，他想忘記的那個人，是他的亡妻。他被禁錮於亡妻的記憶中，已不知生活為何物。他也曾想過追隨亡妻的腳步，然而又無足夠勇氣尋死。不關乎戀慕塵世，生存意志的消滅，不一定增加死亡意志。一個人可以不生不死。他成了一個永遠延擱的未忘人。

通向冥府而可以掉頭的人，只有我。我曾經如斯接近死亡。冥府內全然沒有光，自然也沒有色彩，那裏的花朵都是黑色的，冥王與冥后的宮殿由黑石堆成。我其實並不厭惡死亡。我只是天性妖艷，嗜好野獸色彩，無法接受無色調的世界。這都是在成巫之前的事了。

世間有各種記憶法，甚至發明了各種記憶藥。然而並沒有失憶藥。如果發明得到，我想也大有市場。但世事之詭譎，在於想記取的，偏失落，想忘記的，偏牢牢記得。那個來尋求取消記憶的未忘人，令我想起一個來找過我的女病者，她病歷表上記錄的病症是：創傷性失憶。她很想找回那片創傷性記憶的方塊，總覺得那裏隱藏着她至關重要的故事。不錯，可以做成創傷性失憶，那一定是非常深刻，到最後，深刻至無。

我就安慰她：「放開吧，很多人想忘記也忘不了。」

「但那段創傷經歷，一定與我有深切關係的。」

「一旦想起，你未必承受得來。」

「那我是否必須永遠承受缺失？」

「何必求全呢。缺失庇蔭了妳。」

「我不明白。」

「蝕是光之缺失，然而又可以說，光是蝕之缺席。世事有兩面，端看你怎樣看。」

如果未忘人與女病者可以來個角色交換，也許二人會好過一點。但記憶是絕對私密的事。這也是超出我所能做到的。

其實，真正擾人的，不是記憶，是追憶。記憶像一個匣子，你不去碰觸它，它就原封不動在那兒，只有你刻意追認，才發現當中的虛妄。追憶如撲蝶，撲一隻永遠撲不到的蝴蝶。但也唯有永保與所撲之物的距離，追憶才成其追憶。所以，某程度上，昔日的吻男子、昔日的美女子、童音人、未忘人、女病者，甚至自言人和影子人，都是幸福的。

這些來尋訪失落園的人，都是各不相干的。我多麼願意編織一個彼此牽連的故事。如「昔日的吻男子」一直記掛的初吻女子，也來找過我，他倆原來一直彼此想念。這樣或許我會相信，當月亮高掛天空，一個人在東，一個人在西，同一時刻望着同一月亮，彼此心生思念，即使各不知道，並且遙相分隔。但這樣的動人故事，我寧默心並沒有遇過。然而來找我的人，卻又好像互相重疊。譬如說，我開始懷疑，自言人和影子人可能是同一個人的分身，一個出現於白晝，一個出現於黑夜，因此永遠錯失，不然他們怎麼會在失落園中流連良久，始終不曾相遇。也許要等候白晝與黑夜碰觸的邊緣，兩人碰個正着，才赫然重拾丟失了的東西。

我寧默心其實並不特別喜歡說故事。事實上，這也是我首次學會回憶往事。我說過，記憶在我身上不斷堆疊，沉重至不可回述，幸好所有回述都是極其濃縮的，否則，每次回述，就得耗去事件重演的同量光陰。

如果你問我因由，我會說，消失是回憶的契機。

失落園自身將面臨失落了。巨型電鑽的聲音已經隱隱約約穿透進失落園，表層被鑽碎的石塊灰每天如梅雨般不停灑落。四周的海域不斷填進大石，大石滾進海底的聲音，在失落園轟個不停，由大石沉落的聲音可以探知水之深淺；隨着年月，水深一分一分的減少，到最後必將被夷為平地。夷為平地後，據說這片從海水借來的土地，將興建一座大型虛擬樂園，裏頭有永遠不會衰老的卡通動物。因為不會衰老，因此也無所謂記憶。附近一個島嶼則在興建一個夢幻工場，推土機每天把大量的混凝土傾瀉於失落園中，以科技之發達，離竣工之日已不遠矣。因為是徹底的夢幻，因此也無所謂真實。大石滾動的聲音、電鑽深入地殼的聲音，合力敲響催魂喪鐘，每一下都預告着失落園的行將失落。

各項興建的工程愈演愈烈，失落園的傾頹也愈來愈近了。已經好久沒有人來找我寧默心了。我已經作好心理準備，隨時給傾倒的山泥活埋。地層爆破一分，透射進來的陽光又多一分，陽光侵蝕黑暗，也侵蝕着女巫的力量。力量消失殆盡之時，女巫如果不死，也許會成為拾荒者、賣藝者、流浪者、妓女、說故事者。

因此，我寧默心也不由自主地開始追憶。時常做夢，夢是記憶的秘密。在成巫之前的記憶開始復歸。這個普通女子，也許曾是某人的初吻情人。也許曾經美麗，傾倒眾生。也許曾經有一個純潔的孩子，給她在安息前唱一首歌謠，溫柔委婉至不可言說。也許曾經迷失自己，繾棧黑夜。害怕光明，然而又貪慕顏色。也許曾經永久失去愛人。也許曾經深受創傷以致失憶。每一個人我都彷彿似曾相識。我一覺醒來，也許不過是一個尋常女子。

工程已經向地下探進，有人發現地下有一片荊棘盤纏、垃圾滿溢的廢墟，疑有生命痕跡。消息公告天下，考古學家旋即進行搜索，發現了還未被考核出年分的遊樂場遺跡，有鞦韆、滑梯、氹氹轉、搖搖板、旋轉木馬等，考古學家把它們一一記述，並翻揭書籍考據它們的遊玩細則。城中發展部提議，不如就在這個地下空間建設主題失落園，展示城中各種可資緬懷的失落東西，並將遊樂場遺跡永久保存，供遊人參觀。有兩條長長的電動滑梯，分別將虛擬樂園和夢幻工場連接至失落園。有懸浮列車從市中心直抵失落園。我寧默心的詛咒終究是徹底靈驗：但願失落園永不復生，土枯石裂，正常人不得而居，直到永永遠遠。

我寧默心的故事也大概到此為止。因為在這個城市裏，我已經無容身之所。所謂人煙不至、寸草不生、不毛之地，已經成了純粹的概念詞語。我無處遁逃，然而又永遠逃逸。存在的時候不覺，消失了又縈繞不散。這本就是寧默心。所以，別問我寧默心現於哪裏。我徹底幻滅，又永遠存在，陽光把我吞噬，然而黑夜始終不曾消失，世間本無完全，我分裂猶如琉璃碎片，散落於所有陰暗的角落，於蛇穴，於蟻洞，於地牢，於荒野，於陰溝，於精神病院，於所有記憶的牢房。每一片灰燼，都有我。

（2005年4月完成。收於《失落園》）

#寓言

如果畸零遊樂場只存在於記憶中，那〈失落園〉中女巫寧默心隱世於外的失落園又寄身何處？潘國靈作品中經常出現希臘神話，在〈失落園〉中，他把記憶女神 Mnemosyne 轉化為現代社會中的寧默心，原神話中為九個繆思女神之母的 Mnemosyne 棲身於冥府，寧默心則棲身於未被各種工程鑽探開發的隱秘之地，隨着社會發展的巨輪推動下，終於無可逃逸，又無處不在。小說以寧默心為敘事者和中心人物，連結不同的失落的人，最後不同人物身影又彷彿複疊於寧默心身上。李歐梵曾言：「潘國靈的寓言色彩，是獨一無二的。他的『寓言』技巧其實就是一種反思：不僅是對於個人經驗的反省，也是對於我們所存在的這個現代情境（有人說是「困境」，所謂 Modern Predicament）的一種『後設評論』」（見《失落園》序），一針見血指出了作者由《病忘書》到《失落園》的另一探索，和創作特色。小說中的詩化語言也在〈失落園〉中盡情顯現。

距離

我知道你是知道了。

由你的眼神，我知道你是知道了。

你一定記得，我和她曾經那麼愉快地拖着手入來。

戀人獨有的愉快，流露於臉上、肢體語言、身體距離之間。

你一定記得那聲討好的招呼：「伯伯。」

其實你不太老，我說應該叫叔叔，但她仍是喜歡叫你伯伯，看更伯伯。

你應該經常看見我們深夜歸來。第二天清早，我們去吃早餐，已經是另一位伯伯了。

她總是那麼懂得賣口乖，以至於你對她這位「不速之客」，比起對我這位住客還要親切。

得到你的款待，她無需按大閘密碼，便可以自出自入，不時自己摸上門來。

去年農曆新年，我給了你一個紅封包，二十元。她以為這些人情世故我是不懂得的，自作主張，代我給了你一封大利是：二百元。

我知道便氣了。二百元利是給一個看更？爸媽給我的也沒這麼大封呢？

可是妳卻撒嬌說：「我用二百元收買他嘛。你以後帶什麼女子回家，我都知道。我有線眼。」聽妳這一說，我也沒得氣了。

我知道妳是知道了。

隔一段時間我便拿一大包衣服來乾洗。孤家寡人，獨居男子，家裏沒洗衣機，衣服多年來都是靠洗衣店的。

都是老街坊了，有時拿衣服來，自然會寒暄兩句。

我有時想，這真是多麼親密的行業。親密得叫人產生遐思。

我有多少條內褲，內褲什麼顏色，褲子有沒有穿了洞子，有多少夢的痕跡，我想妳可能也心裏有數。畢竟洗衣服是一個循環過程。來來去去就是那一大包。這包東西有我獨有的味道。隔不久也許添上新衣服，妳也許會發覺，然後，新衣服又會變成舊衣服，如此循環往復。

十八磅。十九磅。二十磅。「嘩，你總是積了這麼多才來。夠衣服換嗎？」妳問。

然後一天，由妳的眼神，我知道妳是知道了。

在我的髒衣服之中，混進了另一性別的東西。一對絲襪。一件睡袍。或者一條內褲。

那天妳把衣服給我，帶着一抹邪笑。我想妳是發現了，這十八磅、十九磅、二十磅的衣物中，混進了屬於另一女子的重量。

從我的髒衣服之中，妳洞悉了我的私密，年輕的老闆娘，妳可知道，妳比我媽媽還要清楚我呢。

我知道你也是知道了。

都怪她，老是愛找卡座。找了卡座，還要排排坐，把另一邊位置空出來，放我們的手袋背包。

她賣口乖的本領又施展在你身上。茶餐廳如何繁忙，你總是有本事為我們找來卡座。你幽默風趣一如你們眾多同業，看見我們痴纏得目中無人，端來食物時就打趣說：「我睇唔到。我睇唔到。」

然後她也伶俐地回你一句：「我也睇你唔到喎。」

然後一天，你發現她出現於大閘門口的頻率減低了。

「伯伯。」

「嘩，幾個星期沒見了。」

「係呀，去了公幹。」不知你有沒有發現，她說這話時，我的眉頭緊緊一皺。

我們雙手，還是像情侶般一樣十指緊扣嗎？我忘記了。

然後很多天裏，看更伯伯見着我獨來獨往，身邊好像缺失了什麼。

妳再次出現，又隔了一個多月。十指緊扣的雙手甩開了。

伯伯看見妳出現時面露驚喜。

「嘩，好耐沒見了。」

「係呀，她移民了。」這次，輪到我給妳打圓場。或許也不是給妳，而是給自己打的。

然後一天，妳發現我衣服堆中混進一個女子的東西也減少了。直至打回原形。她的衣服我還留着，好好的安放於衣櫃之中。只是，衣服的主人都沒有回來認領它們了。

在清洗衣服的循環過程中，它們中途插入，又中途離去。妳一定是發現了。當妳看到我落寞的眼神時，妳可以更加肯定了。

妳隱隱然知道，有些東西，在我生命中離場了。離場的方式，也許是靜悄悄的，也許是突變的，如狂風掃落葉。在十八磅、十九磅、二十磅之中，再沒有她。也是在這個時候我方醒悟，輕如薄紗的一對絲襪，原來那麼重。

今年農曆年，再沒有二百元大利是了。我還是如去年一樣給了你一個紅封包，二十元。你接過道了謝，也沒問什麼。這個時候，我發現，我和你，世界上本是兩個互不相干的陌生人，因着地理空間的緣故互相認識，不曾有過深入交談，甚至不知道對方名字，竟然生出一點默契來。

媽媽致電給我，着我與你年三十晚回家吃團年飯，我有口難言，只能說，妳病倒了。

我還是經常光顧茶餐廳。還是喜歡挑卡座。起初一段日子，你還會問我：「咦，靚女呢？」

我說：「她工作很忙呀。」

這個對答維持了好一段時間。

慢慢的，你也沒多問了。

每天你看着我獨個來光顧，拿着書本把飯菜扒入口中。人是有點憔悴吧。

點過的菜式不時翻點，一個人吃東西也只能是這般口味。循環的過程。

你沒有再說：「我睇唔到。」你知道這個玩笑，玩不得了。

其實怎會看不到。你把一切看在眼內。

每天出入大閘，我還是會與你打招呼。只是輕輕點頭，說話不多。我拖着寂寞的影子歸家，時而帶點酒醉。你一定看到我眼神的閃縮。我不想接受，由任何人眼中流出的憐憫。或者我不想接受的是另一事實。

事實是妳的絲襪、睡袍、內褲只有洗衣店的洗衣粉氣味。我用鼻尖嗅過，因此十分清楚。

但我還是把妳的內褲掉進了洗衣包，連同我的髒衣服。

我不想任何人看穿我的生活。

拿衣服的時候，老闆娘卻說：「怎麼最近學了吸煙！對身體不好呀。」回家我嗅嗅自己的衣服、枕頭、床襟，才發現真的有一股濃濃的尼古丁味。煙屁股在煙灰缸中枝枝直立，如山頭墓塚。

茶餐廳我捨不得不去。侍應哥哥太有趣。

我點菜愈來愈猶豫不決。在星洲炒米與揚州炒飯之間，竟然發覺是十分困難的決定。

而侍應哥哥竟然向我提議：「今日有竹笙蒸柚皮，你喜歡吃的。」我真是奇怪，妳離開這麼遠，又不是街坊，那麼多人還要記掛妳。竹笙蒸柚皮不是我的最愛。侍應哥哥怎麼要挑動我的記憶神經。結果我還是點了。我把所有竹笙吃了，剩下妳愛吃的柚皮。

我開始改口，把看更伯伯喚回「阿叔」。我愈來愈少與洗衣店老闆娘交談。老闆娘像女巫，有一對深藏不露的眼睛，彷彿擁有知曉一切的本領。

茶餐廳也不一定為我張羅卡座。尤其在繁忙時間，茶餐廳哥哥會安排我搭圓桌子。我沒所謂。茶餐廳哥哥也沒給我推薦菜式，他一定已看到，我的胃口愈來愈小，到最後，也許只吃流質的東西。

只是有些習慣還是改不了。我買牙刷的時候，還是喜歡買一根紅的一根綠的。是妳說的：「怡紅快綠。」我是怡紅，妳是快綠。此時卻是，「知否知否，應是綠肥紅瘦。」

而在另一角落，在妳生活的周邊範圍，也許有另一個看更伯伯、洗衣店老闆娘、茶餐廳哥哥，洞悉妳生活中的微妙變化。妳也許還那麼喜歡賣口乖，挺會討人歡喜的，但再不是為我了。

大前天看更伯伯說：「你三個月來的管理費還沒付呢。」

「噢，對不起，忘記了。」

他一定知道，這不是錢的問題，是生活秩序出了亂子的問題。

前天老闆娘給我打了大折扣，她說：「開張十周年紀念，特別答謝長期顧客。」

老闆娘也許見我愈來愈沉默寡言，故意給我逗樂。我的心頭卻突然一酸。一間店子已經開了十年。而我，沒有一段感情可以突破這個數字。

我開始發覺周圍的地方都滿佈妳的記憶。街角拐過妳的身影，餐室留下妳的餘溫。一個不留神，記憶突然從腦海中閃撲出來，觸景傷情，也許就是這般。

住屋租約期滿，又是續約的時候。我本來很喜歡這個區域。但我最終還是決定，不再續約了。經過一段時間的低沉，我想給自己一個機會。所有東西，原來不過是一紙租約。妳也沒租用我了。

端午節前夕，媽媽又來電，着我帶妳回家做節。又問我病好了沒有。我奇怪媽媽怎麼這樣一問。我於是半推半就說：「還沒好，感冒挺重。今晚不回家了。」

端午節那天，宜入學會友出行結婚開市栽種動土建屋安葬。我選了這天搬家。

看更伯伯守夜更，白晝搬家，他不會看到。事前我沒有告訴他。晚上他回來，發現我已經遷出了這所大廈，不知他會否感到一絲愕然。會否有一點捨不得我一如他捨不得妳。如果一天妳突然又摸上門，我想，看更伯伯還是會歡迎妳的。

若干時候老闆娘也會發現，已經很久沒接過我的十八磅、十九磅、二十磅。很久沒嗅過我的氣味。願她的小店有另一個十年，再另一個十年的周年紀念。

茶餐廳哥哥沒了我還是會一如既往的風趣幽默，還是會向另一個她或他推介竹笙蒸柚皮。

他們將不會感到驚奇。由他們的眼睛，我知道他們早已知道。

沒了我他們的世界將如常運作。世界沒有說欠誰不行。連失去親密情人也能忍受，更何況我之於他們，不過是路過蜻蜓的一個人。

搬家時我甚至扔掉了有感情的床褥。或許應該說，扔掉它，是因為它負載了太多的感情重量、絮絮情話、纏綿記憶。

一切重頭開始。在新的空間地方，我將開展我的新生活。將有新的看更伯伯、新的洗衣店老闆娘、新的茶餐廳哥哥，也許還會有一個新女子，進入我的生活。

我只是忘了扔掉妳的衣服，不小心地把它們運／混進了我的新居。觸着妳的睡袍，我一臉惘然，直至天明。

（原載《號外》2005年7月號第346期。收於《親密距離》）

#距離

在城市生活，人與人之間存在弔詭的距離。〈距離〉中透過身邊三個陌生人——大廈看更、洗衣店老闆娘、茶餐廳哥哥（由居所輻射開去的城市空間），以及由親密至疏離的情人、小說中只在節日偶然來電的母親，將各種人物關係捕捉得微妙而富生活感。耐人尋味更有小說中那視點拐折——不是「我知道了」，不是「你知道了」，而是「我知道你是知道了」，反覆復奏，充滿曖昧性、似確然卻未必，似外來眼光又可能是主觀的向內投射；加上主語「你」不動聲色的轉換，不僅在故事上，小說也在視點、人稱等形式上，將「親密距離」呈現得淋漓盡致。像這樣一個看似簡單的都市愛情故事，流動的空間、身體與情感關係三方緊密扣連，卻是連鏡頭也無法捕捉的曖昧與微妙，唯獨文字才有能力呈現。

城市人如果有一個「套餐」，其中的特質是「悖論」式的——你不能只愛親密不要疏離（或反之），只要安定不要流動（或反之），只要陌生不要交往（或反之），不，不可以，你要照單全收。從今天起，面對現實，拋開上幾代人教你的「安身立命」、「腳踏實地」、「民族扎根」之類（你可能老早已不相信），改以矛盾綜合語（oxymoron）來感思生活，如「皈依是在路上」、「流動的居所」、「親密的距離」、「陌生人的劇場」等，弔詭更接收現代城市的生存情狀。如果不因此落入遲疑不定，或者偶爾可於持續的擺盪中提取生之力量。

——〈城市人的精神特質〉，《七個封印：潘國靈的藝術筆記》

光與影之袂離

——每一齣戲，都要有一個名字。這齣電影，就叫它《影藝戲院》吧。
——英文片名呢？Cine-Art House。
——喜歡嗎？
——喜歡。喜歡它，夠純正。回到本質的：電影藝術。
——上映日期呢？
——一九八八年七月九日。
——落畫日期呢？
——二〇〇六年十一月三十日。
——十八年，映期也不短呀。
——不太短，足夠一個少年，走過他的青蔥歲月。

● 第一場

● 時：一九八九年

● 地：灣仔港灣道三十號新鴻基中心

● 人：光與教友

光第一次被人查身份證，就在這個地方。身份證還是簇新的，熨在透明膠內的相片不像是他，他是四眼仔，身份證上的他，卻脫了眼鏡。一九八八年十一月十日，香港電影分級制度正式制定，他剛拿了成人身份證。被檢查身份證的時候，他才覺得，自己真正是一個成人了。電影是馬田．史高西斯的《基督的最後誘惑》。其他的朋友仔，身份證有的被查看，有的沒被查，事後這成了他們一陣子興沖沖的話題。

那天是星期日，安息日，他們應該返教會崇拜，他們卻來到影藝戲院。上星期牧師才在講壇上狠批《基督的最後誘惑》，一名年輕執事卻跟光說：「這戲有意思，行使你成人的權力吧。」

於是，光受不着誘惑，相約教會弟兄，五個相熟的少年，一起看《基督的最後誘惑》。看電影時，他感到很迷惑，他第一次知道，瑪利亞不止一個。瑪利亞不是聖母嗎？怎麼變成妓女了？抹大拉的瑪利亞，跟童貞瑪利亞有分別嗎？以往很少聽牧師說。牧師倒是說過：「耶穌是全人，也是全神。」耶穌被魔鬼三度試探，一次在曠野中，一次在聖殿頂上，一次在最高的山上，禁食了四十晝夜、飢腸轆轆的耶穌說：「撒旦退去罷。」誘惑面前，耶穌不為所動，聖經這樣說。但耶穌腦子裏想什麼，聖經沒有說。在十字架上奄奄一息之間，耶穌真想過與抹大拉的瑪利亞生兒育女，過平凡人的日子嗎？思想行淫算不算犯罪？光腦子轉動，想着一些深奧、沒有答案、日後被拋諸腦後的問題，但最少那一刻，他是認真的。

- 第二場
- 時：一九九二年
- 地：灣仔北、影藝戲院
- 人：光與同事

轉眼間三年，大學畢業，光出來社會工作，賺取了他第一份薪金。教會沒返了，戲院，倒不時去。許是他腦內的「海馬」記憶組織太小，影藝戲院已經去過多次了，卻老是迷路。走出地鐵站，柯布連道天橋把他從灣仔南帶到灣仔北，在君悅酒店、香港會議展覽中心、華潤大廈之間穿穿插插，他看到灣仔運動場、灣仔碼頭，他知道應該十分接近了，但影藝戲院好像跟他捉迷藏，老是躲起來。迷路中，赫然看見一幢高聳入雲的大廈，遮擋了一片天空，以前好像沒有見過，大廈呈三角形，會變顏色，頂部有一個尖塔，名字叫中環廣場。「咦，明明是灣仔，怎麼叫中環廣場」，迷路者因此更覺迷失了。

光看的那齣電影，叫《搶錢家族》，有些朋友看了，說很好看，很荒謬。家庭成員裏裏外外都在瘋狂搵錢，很黑色幽默。在瘋狂中，自有一些真實。這齣電影在影藝戲院上映了五百多天，光看的時候已近「水尾」，同事笑得很大聲，他卻不能全情投入，原因不在戲中，卻因為他遲到了十分鐘，錯過了電影的開場。如果不是與同事相約好，如果是他獨個兒來看的話，他準會掉頭走了。「錯過了一分鐘就不成戲了」，他人隨和，看電影卻蠻執着的。他發覺幾位同事中，有一位女同事似乎也怏怏不樂，這位女同事跟他一樣，因走失路而遲到了，後來他才知道，女同事也因為錯過了片頭而不高興。在不高興之中，他卻遇着知音，他曾經跟自己說：如果有一個女子，看戲的時候不遲到、不談話、不望手錶、不吃東西，甚至不親熱，那人就是真命天后了。而此後不出五百多天的日子中，他與這女子愈走愈近，在影藝分享了不少齣電影，以至於，他偶爾分不清楚，他們到底愛對方多一點，還是愛電影多一點，尤其，在感情出現信心危機的時候——而這些時候，總是有的。

- 第三場
- 時：一九九五年
- 地：影藝戲院 House 1
- 人：光與影

打風日子，總是有的。《陽光燦爛的日子》，卻看在雷雨交加之時。平日人頭湧湧的戲院，今天疏疏落落。「這樣，就很好了。」影說。光以微笑回應，跟着，雙方很有默契地，找了他們最心儀的位置，靠近銀幕，景框剛好在視線邊緣，又不至太近，以至於太逼視銀幕。

燈滅，光影在銀幕亮起，這個時候，戲院好像一個洞穴，洞穴以外的風吹雨打，與他們毫不相干。即使是十號風球，電影依然上映。大把大把的陽光灑進來，從銀幕的窗口，光與影同在，漆黑與光明並存。

影藝有兩個影院，一個通常放國產電影，一個通常放外地電影，他們更多於後者流連。很多人對戲院背後的故事並不關心。光略知道影藝由一間叫銀都的中資機構經營，這間機構專門把國產電影引入香港，影藝的開幕電影，便是國產電影《芙蓉鎮》，光看過了，印象模糊，只隱約記得是說文革創傷的，有一個男人被槍傷了要害，永久失勢。《陽光燦爛的日子》，也說文革，卻是另一種色溫，訴說着青春的自由、懷春的渴望、愛情的詩意、記憶的虛實。

● 第四場

● 時：一九九六年

● 地：影藝戲院售票處、戲院內

● 人：光、影與全院觀眾

「你好嗎？」「我很好！」

多年以後，他們仍記得電影這句話，一封寄往天國的情書。這是岩井俊二導演的第一部作品，排隊看戲的人很多，還有十五分鐘便開場，光與影排在隊尾，急着了，售票處兩個阿姐拿着紅筆劃位，手起票落，人龍退得很快，光與影拿到戲票，逕直走進戲院，甫坐下，燈滅，這樣很好，剛好來得及入夢。

兩個女子生得一模一樣，女子還要與自己的愛人同名同姓，太巧合了吧，但大家知道這是電影，電影不一定真實，卻可以感人。全院滿座，全院看着渡邊博子在皚皚的雪山上，向逝去的愛人呼喊：「阿樹，你好嗎？我很好。」，奇怪回音繚繞，來自遠方另一世界，來自漆黑之中同步跳躍着的心房。座位間有窸窸窣窣的聲音，有人哭了。光與影的雙手緊緊握着，這一次，身體接觸沒有令他們分心，反而與影像更融為一體了。

愛情與死亡交握，最有撼動人心的力量。《情書》成了影藝戲院上映的一齣經典作，映期長達二百多天，從一九九六年八月廿二日映到九七年三月十二日，沒料到，這是下滑前的最後高峰。

- 第五場
- 時：一九九九年
- 地：影藝戲院、麥當勞
- 人：光、舊友

看煙花落下，愛於高峰中跌下。九七之後，時間飛快的過。港灣道之外多了一條博覽道，博覽道上建了會展新翼，附近多了一個金紫荊廣場，廣場上有一個金紫荊像，九九年又多了一個回歸紀念碑。在影藝看完戲，光偶爾在海濱吹吹海風，看到遊人在金紫荊像前拍照，這一帶人不多，很通爽，光卻覺得，這個城市，好像有點陌生了。

一九九九年六月十二日，五時半場，光獨自一人，看了安哲羅普洛斯的《一生何求》。一生何求？老詩人阿歷山大走到生命的盡頭，在等待死亡的一天，找尋生命的歸宿。自我放逐，他回憶起亡妻安娜，遇上阿爾巴尼亞小人蛇，探望療養院中的老邁母親，與十九世紀詩人在幻想中交會。

戲院疏疏落落。「這樣，就很好了。」光記得影說過。但如今這一句話，他不好說。但暗中又享受戲院的孤清，這裏，不用擔心手提電話的騷擾、後座觀眾的「踢凳」、銀幕下各種各樣的「畫外音」。只是空調很冷，「來的時候記得帶一條披巾」，光自言自語。

散場時，他碰到一副相熟的面孔，是五個相熟的少年的其中一個。這些年來，自離開教會，他們都沒有聯絡了，卻偶爾在影藝遇上。各散東西，生活分道揚鑣，串起他們的，竟是電影。當然，有些人是徹底離棄了。二人都沒有伴，就在麥當勞坐下，交換近況，也不多話，歸結起來，大概也就是：「你好嗎？」「我很好！」

我真的好嗎？你真的好嗎？一個人在金紫荊廣場蹓躂，光想着。「明天是什麼，安娜？我曾問你，明天會持續多久？」阿歷山大問。

——就只有這五場戲嗎？

——任何東西都有時限，你總不成拍一齣六小時的電影。你比我更明白，《燦爛人生》，到底是異數。

——一定漏掉了許多。譬如，《星光伴我心》、《92黑玫瑰對黑玫瑰》、《情迷朱古力》、《天國情書》、《小鞋子》、《那山那人那狗》……

——總會遺忘的，有很多戲，你壓根兒不記得看過。你願意的話，我可以加一段快速蒙太奇。高速閃回，浮光掠影。

一九九九年六月十二日2：35pm《天國情書》

二〇〇〇年七月十五日5：30pm《帝國驕雄》

二〇〇一年十月廿五日7：35pm《天使愛美麗》

二〇〇四年五月十二日7：35pm《掀起面紗的少女》

……

——這是心理時間，還是電影時間？

——這是瘋狂時間。菲林差不多用盡了，讓我們跳接到二〇〇六年的《瘋狂的石頭》吧，背景音樂，就用劉德華的《累鬥累》。

● 第六場

● 時：二〇〇六年十一月三十日

● 地：影藝戲院大堂
● 人：光、未知

光跑得很累，坐在影藝戲院大堂的藤椅上。他坐了很久，帶位員泉哥認得他，不會趕客。他好像在等一個人。朦朧間光睡着了。睡夢中影藝又熱鬧如昔，依稀有慶祝聲。夢是唯一的真實。十一月三十日，五個相熟的少年會來嗎？影會來嗎？他們說過，光與影同行，他們說過，不見不散。明天是什麼？既是一天，也是永恆。

（刊於《明報》世紀版2006年11月30日。收於《親密距離》）

#電影與小說

二〇〇六年十一月三十日，位於灣仔港灣道影藝戲院結業，這間經營十八載上映過不少藝術電影的電影院，潘國靈也曾在裏頭沐染電影藝術時光。在《消失物誌》就有一筆寫及影藝戲院，當消失來臨時，就召喚了文字。在〈光與影的袂離〉中，光與影分別為兩個角色，曾經親密，而後分開，而光影喻意電影，其袂離又與一間電影院的告別暗暗呼應。如果說形式就是內容，這篇是作者吸納電影手法寫成的電影結構小說，內容以電影分場形式，將影藝戲院故事寫成一個六場戲、集私人和公眾觀影記憶的小說。在過往訪問中，潘國靈提及過自己的電影時期，密集地寫影評、當評審、編電影書籍如《王家衛的映畫世界》、《銀河影像，難以想像》，這場被作者稱為「文學跨界寫作期」前後只維持了數載（大概也結束於二〇〇六年），自「愛荷華大學國際寫作計劃」後，便專注回到文學創作的軌道上，這在作者身上的「光與影的袂離」也是一段美好的咖啡時光。

影藝戲院結業前

影藝戲院結業通告

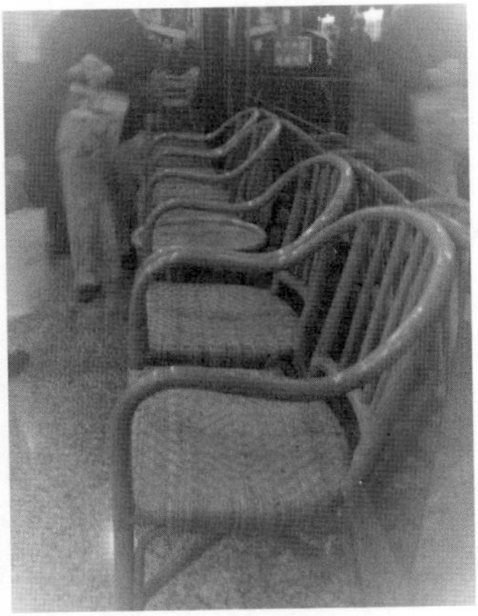

影藝戲院舊式藤椅

遊戲

一、看螞蟻

你可以從高處觀看一群惶惶不可終日的螞蟻，但這群螞蟻不是你。螞蟻自身並不知曉何謂「惶惶不可終日」，這是你的形容詞。你觀看螞蟻時，你成了神。但你有時也想像自己不過是，螻蟻蒼生。從螞蟻到神，從渺小到無限，兩個極端給存在打開了無邊無盡的空間。所有自由都是想像性的。

小孩子的小指頭按在一隻螞蟻上，他在沉思，應該把指頭按下，還是移開。按下或移開，並不關乎道德的抉擇，因為殺死一隻螞蟻，小孩子並不覺為罪過。但在他皺眉沉思的剎那，說不定正有一根大而無形的指頭按在其背上，隨時按下，或者移開，不為他所知道。按下或移開，並不關乎道德的抉擇，這純粹是生或死的一刻轉念。小孩子於是隱隱約約萌生了有限與無限、生與死、道德與非道德、我與非我的觀念。他不是螞蟻，不是上帝，他只可能是人。但因為有了想像，在靈神出竅的瞬間，他成全了三個分身的自我轉化。遊戲之中竟然帶有如此重大的神聖性，秘而不宣。最後他把指頭按下，遊戲終結。

但遊戲其實並沒有終結。這才是遊戲的正式開始，同時是神聖時刻的首度降臨。從此，存在之迷苦苦纏着他，又或者說他緊緊執着存在之迷而死手不放。這決定性的一刻，並不下於孩子發現鏡中的影像既是也非是自己的關鍵時刻——據說人人都有這樣的成長經驗，儘管並不一定完全意識。

多年後，這個孩子像千萬個孩子般長大。他叫遊忽。他像千萬個年輕人般戀愛。他在千萬人海中碰到一個戀人，叫陳玉。他們延續着千萬人玩過卻遺忘了的遊戲的對話。

二、捉迷藏

——遊忽，你多久沒把自己躲在一角？

——我不知道，我也許天天都在躲着。

——不，我不是說心理上的，我是說，真真正正的，躲在床下底、躲在衣櫃裏，躲在牆身後。

——噢，我已經忘記衣櫃的氣味，床下底的漆黑，很久很久了。你這樣說，令我想起小時候玩的捉迷藏遊戲。

——我記得，捉匿人、耍盲雞、伏匿匿，不同玩法，又好像差不多。

——是的，共通點都是躲藏與尋找、重複着消失與再現的過程。

——你喜歡做捉人的那個，還是被捉的那個？

——我喜歡做被捉的那個。黑暗比光明的位置安全。

——我喜歡做捉人的那個，把隱身人捉着的當兒，很有一點痛快的感覺。

——但如果一直也捉不着，那痛快就永遠不會來。

——但太容易捉得着，快樂也不那麼痛快。

——你知嗎，陳玉，我做過一個最恐怖的夢境是怎樣的嗎？

——是怎樣的？

——一群小朋友，歡天喜地地玩着捉迷藏的遊戲，捉人的那個，閉着眼睛面對牆壁，由一數到一百，其他小朋友各自尋找藏身的暗處。後來，時間一分一分的過，捉人的始終沒有捉着，躲在暗角的一直躲着，原先的刺激感逐點逐點消失，取而代之的是恐懼的感覺。由一數到一百，由一百數到一千，由一千數到無窮大，捉人的千山萬水走到荒野、走到沙漠、走到廢墟，又走回原地，鐵鞋給荊棘、仙人掌、尖石刺穿了，流出的血凝固着復又把雙腳包裹，成了一對新的紅鞋兒，只要他繼續尋着，那他還是有勝利的可能。躲着的孩子也慌了，暗角中陽光照射不進來，然而時光的消逝還是依稀可感，但只要一直躲着，那麼勝利始終在自己的一方。孩子玩起上來，勝負也真是生死攸關的。但時間一分一分的過，及至後來，勝負也不再重要了，剩下的只有遊戲規則，因為一旦參與了遊戲，就必須忠於遊戲規則，所以尋的繼續尋、躲的繼續躲。一群人的遊戲變成一個人的遊戲。這個夢一直纏迤着，做了很長很長，長得足以讓孩子們長大，躲在床下底的弓着背匍匐爬行，躲在衣櫃裏的，靠吃蛆蟲、樟腦維生，變寬的膊頭把衣櫃綻破了，而走在荒野上捉人的那個，則長出了鬍子，變成了瘋子⋯⋯

——那真是太可怕了，我們小時候玩捉迷藏，從來沒想過會沒完沒了的。

——是的，但它又彷彿以一種狀態，沒完沒了的持續着。小時候玩着捉迷藏的朋友，全都在生活中消失了，我不確定還有沒有人在尋找我，但我彷彿仍在躲着似的。

——即使所有人都消失了，你仍然在玩着捉迷藏的遊戲。自己跟自己玩，把自己分成兩半，一半在尋，一半在躲。

——陳玉，沒有人比你更瞭解我了。無休止的 hide and seek，只是躲避什麼、追尋什麼，目標已不太明確了。

——如果你喜歡，我可以繼續跟你玩捉迷藏。

——兩個人是玩不成捉迷藏的。你一個手電，我就原形畢露。

——遊忽，總有一天，你會關起手電不理我的，到時候，走到荒野、沙漠、廢墟的將是我。變成瘋子的也是我。

——我不會讓你變成瘋子，除非我自己先行瘋了。

三、點蟲蟲

——遊忽，關於母親，她第一樣教曉你的東西是什麼？

——就我所記得，是「點蟲蟲，蟲蟲飛」。

——「點蟲蟲，蟲蟲飛，飛去邊？飛到荔枝畿。」

——這個你也懂。

——當然，「點蟲蟲，蟲蟲飛」，是你與你母親的，也是眾人與眾人母親之間的。

——是的，唸的時候，要擺動兩根小指頭。「點」的時候，把左、右手的食指指頭貼在一起，「飛」的時候，就把它們分開。

——蟲蟲跟指頭，其實並不怎樣神似。

——什麼是荔枝畿，其實我也不曉得。

——就當是一片世外桃源吧。至於蟲蟲是否特別喜歡荔枝，又另作別論。

——而且蟲蟲也不一定懂得飛。

——有些蟲蟲懂得，譬如螢火蟲。

——但螢火蟲只屬於晚間，晚間不是孩子的世界。

——分析也不是孩子的世界。小時候你並不會如此分析這句話。

——是的，當我分析時，我已經長大了。

——但有閒心分析這話的人，到底還是孩子氣。

——「點」的時候，貼近；「飛」的時候，分開。六個字，就有了親近與分開的擺盪。所以我覺得這六個字，是很悲哀的。這種悲哀，倒是我小時候就隱約意會到的。

——你這樣說，令我想到小時候玩的躲貓貓。父母用手蒙着臉，或把臉隱在牆後，突然又把臉顯現出來，逗孩子發笑。

——是的，這種遊戲，孩子也是會自己玩的。我想到佛洛伊德的「線軸遊戲」理論，他從十八個月大的孫兒觀察所得的。孫兒在母親不在家時，獨個兒玩着一個線軸遊戲，把線軸滾到床下不見時，喊「Fort」（Gone），把線軸拉回出來時，喊「Da」（There），如是者重複玩着。在消失與復見之中，孩子將母親的缺席化作遊戲，重複着痛苦離別與歡喜返回。

——啊，Fort! Da! Fort! Da! 原來我們從小的時候，已着迷於看見與不見、躲閃與出現、遠行與折返、擁有與失落的輪替更迭。

——分別在於，「點蟲蟲，蟲蟲飛」通常有大人作伴，而 Fort 與 Da，則是絕對孤獨的遊戲。但兩者都關乎着，顯與隱的擺盪。

——那我們之間呢？戀人之間呢？你也會有天跟我玩一種乍離乍聚的遊戲嗎？

——陳玉，你不是蟲蟲，也不是線軸。你是人。

——就是因為我是人，這乍離乍聚的遊戲，玩起來必更驚心動魄、有血有肉。連日頭都有半天讓予黑夜，如果我永遠現身於你眼前，你終有一天會疲倦的。所以我有預感，有一天你必然會自製離與合的鐘擺。這是你兒時遊戲的偉大延續。

——不會的，不會的，我們的關係，不是遊戲可以比擬的。如果我有天離開，必然有比遊戲更重大的理由。

——更重大的理由可能不過是，你無法抗拒乍離乍聚、親密與距離、投入與抽離的曖昧與弔詭。你沉浸於欲斷難斷、欲拒還迎、似近還遠的世界。這是你的精神價值。

——但陳玉，戀人的存在，並非只為了完成自己的價值實踐。
——那要視乎，你把愛情看得高一些，還是那些價值高一些？
——我無法把二者分開。
——我有點累，有點緊張。我們也許想得太複雜了。
——是的，不如碰碰指頭作罷。
——點蟲蟲。
——蟲蟲飛。

四、吹氣球

——有多久你沒吹破一個氣球了？你記得氣球將破未破之時，是何感覺？
——這感覺真是很難形容。氣球愈吹愈脹，心跳開始加速，高潮來臨之前，是張力的建立、遞增。除了心跳，還有呼吸，吸、呼、吸、呼……，生命的氣流從肚皮深處輸入氣球中，氣精在氣球身體中鑽動，氣球愈發膨脹，表皮愈發單薄。氣球忽然變成一個生命體似的，在生命張開至盛極之時，預期着死亡一刻的突然降臨。

——是的，高潮幾乎與驚慌重疊。沒有最後的爆破，吹氣球就不可能如此驚心動魄了。這幾乎是一種性快感，一種象徵性的死亡。

——「卜」的一聲，像有什麼在這個世界永遠幻滅了，但這只是一個無足輕重的氣球。這「卜」的一聲，是氣球嚥下的最後一口氣，是它自鳴的喪鐘聲，向世界證明自身存在過的臨終反撲。沒有這爆破聲，快樂也不那麼痛快。這是最佳的配樂。氣球的爆裂，在無聲電影中便頓然失去力量。

——所以，有人只在乎爆裂的一剎，略去之前一點一點建立張力的過程。他們用針頭，用煙頭，用刀片刺破氣球，或者用腳踩，用屁股坐破它。

——這就太像是一種謀殺了。死亡時刻完全由劊子手掌握。

——但氣球的命運，也不一定以爆破終結。

——是的，有的氣球一點一點萎謝，原本吹彈得破的表皮一點一點鬆弛，氣球體積愈縮愈小。生命的氣精一分一分的離棄它們。

——像久病至死一般。跟很多人的命運等同。

——還有一種結局。

——是怎樣的？

——多年前，我的小手拖着母親，路經一個賣氣球的販子。五顏六色的氣球把我逗樂了。我嚷着要母親給我買一個。氣球販子讓我挑，我挑了粉紅色的一個。我鬆開了母親的手，握着捆着氣球的繩子，我腳步輕快，邊走邊唱着歌兒。氣球在風中擺動。也許風太大了，也許我的手太小了，也許氣球有它自己的意志，繩子從我手裏掙脫，氣球飛跑了，我原地彈跳企圖把它抓回來，我爬到牆垣企圖把它扯回來，可惜我太矮小了，又或者是，我的彈跳力太微弱了。我眼睜睜看着粉紅色氣球離我而去，愈飄愈高，愈飛愈遠，逐漸變成藍天白雲中一個小不點，最後連一點都不見了。這天天朗氣清，但我覺得陰鬱極了。我哭了，我哭了。母親見我哭成淚人，安撫我走回頭路再買一個吧，但我覺得再買的，已經不是原來一個了。

——你也太固執了。

——消失的氣球，給我嚐了第一次離別的滋味。它離別了，但又好像一直存在。偶爾它會出現在睡夢中，夢中重播着它的飛脫，虛構它重新折返的景象。因為它永遠消失，我看不到它爆破也看不到它萎謝，我便可以想像它永遠的飛揚，飛過大西洋，劃過北極星，飄入外太空。它的消失給了我無盡的想像可能。我後來想，這樣的人生道別，也許就是最好、最美的了。

——遊忽，有一天你也會這樣離我而去嗎？

——不會，不會。我想飛，但我飛不起來。

——或者我應該在你消失之前，拿一口大頭針，把你刺破。

若干年後，遊忽離去了。他從陳玉的生命中消失了，剩下她面壁獨對牆垣上的螞蟻沉思。Fort! Da! Fort! Da ……聲音退入背景中，像連禱，像搖籃曲又像安魂曲，永不消散，說不出遊戲是終結了，還是剛剛開始。

（刊於《字花》2008年4-5月第13期。收於《親密距離》）

#遊戲

創作都需要一種「遊戲精神」，遊戲可以是輕省，也可以是沉重的。〈遊樂場〉中孩童自成天地的畸零公園是圍繞在氹氹轉、鞦韆、滑梯、攀登架之間，〈遊戲〉中的看螞蟻、點蟲蟲、捉迷藏、吹氣球就更是原始，也有着更原初的況味。很多人把遊戲看成童年階段的一個特徵，作者從兒時的遊戲中，看出離與合、消失與復現，在生命中的偉大延續和鐘擺。小說中那場曠日持久的捉迷藏遊戲夢境，寫來奇詭而令人不寒而慄，原來遊戲的本質也會因時間的因素而改變；小說透過情人之間連綿的「戲劇性對話」（dramatic dialogue），將幾個大家熟悉也可能被時代甩離的遊戲，寫得如謎樣一般，同時觸及存在的深意。也許對於長期筆艱的作者來說，書寫也是一種兒時遊戲的偉大延續，有着神聖莊嚴以至「大於生命」的本性，賜予生之力量。這場捉迷藏遊戲，在《寫托邦與消失咒》中發揮到極致。

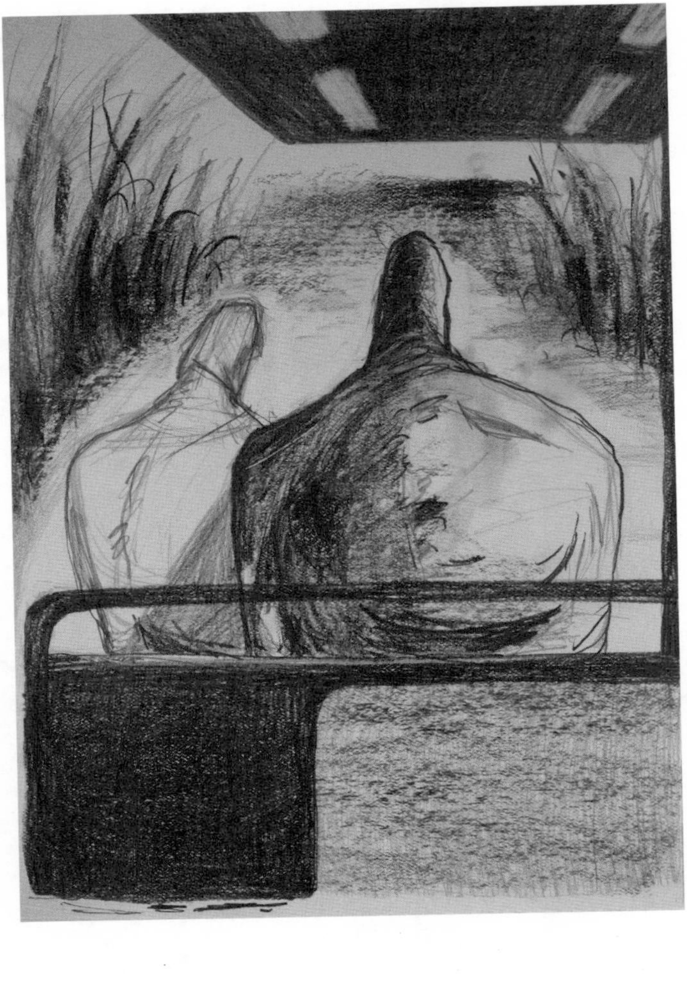

巴士無窗

推不開的窗不叫窗。因此，我們的巴士，不能說是有窗的巴士，只能說是玻璃箱巴士。登上巴士，我們就在一個密封的玻璃箱內。有些玻璃是透亮的，有些玻璃是茶色的，隔着玻璃，我們可以看到街道上的動靜，但我們跟外面世界，永遠隔着一道穿不透的玻璃距離。乘客不可把手伸出窗外，也不可探頭於窗外如一個捕風的少年。這樣也有好處，我們被置放於安全的密室之中。

曾幾何時，我們的巴士是有可開關的窗的。街道的喧嘩鑽入乘客的耳朵中。街道的灰塵鑽入乘客的鼻孔中。但如果巴士是駛往郊外的，從窗口送進來的可是清爽空氣，撲面打來叫人精神為之一振，比後來密封巴士的空調宜人得多。街道的人聲、車聲、打樁聲等喧嘩混雜，但很多時，也比密封巴士 Roadshow 電視的所謂節目聲、廣告聲更立體可親。

我又記起與如初一趟還可打開車窗的巴士車程。那是駛往石澳的一趟旅程。九號巴士。本來還置身鬧市，十多分鐘後便進入郊外地帶，馬路窄窄九曲十三彎，巴士司機如賽車手般高速嫻熟地轉過一彎又一彎，笨重的巴士在賽車手司機的駕馭下輕身如燕，或者是因為當時我的心也在飛翔。如初，如初，這是我第一趟與你單獨的出遊，你為什麼肯答應呢？問題擱在心中，當時沒有問。這樣的問題是不需問出口的，一切只在乎意會，所以甚至根本不成其為問題。我只能說，我們出來了，我很開心。我當時不知道，這次出遊，就成了人生中我與你之間，少數可以在日後反芻又反芻、重溫又重溫的共同經歷記憶。當然，仍然記起的，可能不過是我一個。你壓根兒已經在車窗以外的世界。我甚至無法稍稍打開車窗企圖與你接近，或者大聲在車上喊叫在街上的你，因為我被鎖於密封的巴士之中，而「玻璃窗」沒有窗口，等於貓兒沒了嘴巴。很大很大的一塊玻璃，沒有窗櫺，也沒有窗把；我拍打着它它紋絲不動，玻璃比鐵更鐵石心腸。你甚至已經不在街道上了，你可能登上了另一輛車，一輛日立或者豐田或者寶馬或者不同牌子卻與我分道揚鑣的中產房車。

我記得巴士駛近石澳海灘，窄身馬路兩旁樹木濃密，樹枝刮在巴士車身上發出碰撞的聲音，好幾根樹枝透過打開的窗口伸進來了，你驚叫一聲，你避開它們時與坐在雙人位上的我又湊得更緊一點了。那幾根樹枝也無傷害性，驚叫聲毋寧說是驚喜聲吧，又或者，那驚喜聲是因為碰到我的胳膊才發出的嗎？很多年後我念及此景，總想起一段宋詞：「長條故惹行客，似牽衣待話，別情無極。」二十年了，當年故惹行客的長條也許已枯禿了，而我的胳膊仍在，只是也輕柔不比當年。

我是不應想及這些的。我是不該憶及這些的。周圍目光散漫的乘客，有多少正像我一樣，在追憶逝水年華？

原來你已經走了很久，那個曾經的你。
原來我已經死了很久，那個曾經的我。
似牽衣待話，別情無極。但一去無跡。

我是不應想及這些的。我是不該憶及這些的。巴士已經駛近石澳總站，挽着我的胳膊的，是隔了歲月的另一個現在進行式。

巴士空調很冷、Roadshow 聲音很吵。樹枝已不能虛張聲勢地撩撥人心。它根本伸不進來。我很安全。你很安全。巴士司機也駕駛得很安全，這個年頭，太過慢速或者太過快速，都會招來乘客投訴。請保持安全車速。城市跟我一樣都老了。

沒有人希望成為別人的替身。對不起，如秋，如果我把你當成一個代數，一個與前身女子覆疊的身體，請相信我，這與你的獨特無關，只是我的記憶不褪。

我記得那年有海水的藍。如初穿着的是一條藍色旗袍式的校服裙。我的校服也是藍色主調的，藍校褲，白襯衫，領口結一條藍色斜紋的領帶。巴士車身也是藍色的，巴士班次疏落，司機開車不準時，但那天我和如初都沒有抱怨，大家在筲箕灣車站等着，人龍愈排愈長，但又彷彿獨我們二人。或者應該說，其他人，又與我們何干呢？我們浸染於一片海水的藍。

現在的車身是橙白色主調、綠色滾邊，座椅鋪了紫色軟墊，軟膠質，椅背上有紫綠花紋。現在是新時代，巴士叫「新巴」。其實你也無從說明顏色，因為車身經常換上不同顏色花枝招展的廣告新衣。獨數字不變，仍是「九」號。幸位置不變，仍在筲箕灣開出。我明白一切已經變了，但記憶在數字、地點上找到浮標，還不至於拋錨或者擱淺。

「空調很冷，可不可以調細一點。」

我索性把頭頂的空調關掉了。我自己也打了一個寒噤。玻璃窗因凌厲空調蒙上一層霧氣，薄薄的遮擋了視線，我想起小時候在窗上呵氣，用手指頭在上面寫字畫公仔。但我現在是成人了，已經沒「塗鴉」久了，我只是以手掌充當水撥，一掃就把霧氣抹去。玻璃回復透明，風景又現在眼前。

「你在想什麼呢？」如秋問。

「我什麼也沒有想。」

「你總是望出窗外？」

「窗外有風景看。」

「陽光很猛，好在我有帶防曬膏。」

如果現在來場驟雨。物極必反，猛烈的陽光竟令我想到雨水。我記得以前搭巴士，遇着下雨天，上層常常有窗沒關嚴，雨水濺到座椅上，以致一地都是。下層的人迫着站着，上層濕了的座椅卻空蕩蕩。有人會拿紙巾抹，也有人拿報紙吸去座椅上的積水。風雨飄搖的日子，坐巴士是不同的感覺。

現在是風雨飄搖也不怕呀。風吹不進，雨打不落。全架巴士唯一可以推開的半扇小窗在司機位，與我無干，我也沒在上層幻想自己是操控軚盤的巴士司機了。

唯一可以毫無困難地穿透密封玻璃的，是陽光。厲害的是滋孕萬物的陽光。陽光打在海水上，綻放閃閃粼光。巴士中，塵粒在陽光下躍躍跳動，我像封了塵的東西。

如秋伸了一個懶腰。

「昨天加班，累死人了。」

「你小睡吧，到站我叫你。」

巴士轉入一個窄彎位，車身擦過兩旁樹枝發出一陣碰撞聲，但樹枝壓根兒是沒有伸進來的本領。「長條故惹行客」，但有玻璃阻隔。

如秋伏在我的肩上睡着了。下午三時，天空一片澄藍，有趣在這邊日頭高照，那邊淡白的月痕卻已經現出形來。日月共存，一時以為奇景，但想想，其實月亮一直都在，看不見，只是肉眼看不見。

「你小睡吧，到站我叫你。」

他把這話重複了一遍。然而沒有人，可以搭上同一程巴士兩次。

（刊於《Ampost》2009 年 2 月號。收於《親密距離》）

#城市微物　#交通文學

衣食住行，城市生活離不開交通工具。在潘國靈筆下，最多寫及的交通工具想是他喜愛的電車，多見於散文或文化評論。表現於小說中，則有這篇名副其實以巴士為「載體」的〈巴士無窗〉。小說寫一趟由巴士車程（還是兩趟？），車窗密封角色的思緒卻在裏頭流動，交錯其中的，又何止是車內與窗外風景？小說中，昔日的如初，今天的如秋，仍是同一號碼的巴士，仍是同一出發和目的地的巴士路程，中間又經歷了多少物換星移？主角腦海閃現的回憶，同時承載着昔日乘搭巴士的一些集體記憶，不少人曾經經驗，卻是作家透過細膩筆觸和細密的回憶才可召喚回來，躍然紙上。另值得一提的是，這段時期的小說，如〈巴士無窗〉和〈距離〉，都見作者化入一些中國古詩詞，不只是引用，不落俗塵而有所轉化，如「長條故惹行客，似牽衣待話」，小說中用於形容昔日巴士上層樹枝伸進打開車窗的情景。如果城市文學中可以開一次類別為「交通文學」，此篇不可錯過；如果「交通文學」中再可派生出「電車文學」、「渡輪文學」、「巴士文學」等，這篇也可列作「巴士文學」的一篇。

波士頓與紅磚屋

我懷疑王家衛是抄襲我的。《重慶森林》裏，警員633約了阿菲去加州餐廳，結果她飛了去加州。那天下着綿密的雨，雨水打在玻璃門上，633一個人等着，等到打烊關門。

我的初戀情人叫阿飛，我約她去波士頓餐廳，結果她去了波士頓。這年是一九九一。所以我說王家衛是抄襲我的。《重慶森林》是一九九四年的電影。

一九八九年，阿飛十七歲。不錯，阿飛生於一九七二年，是一隻鼠女。她兒時住在灣仔，常對我說那裏，在軒尼詩道修頓球場附近、和昌大押對面，有一間老牌西餐廳叫波士頓。她說她第一次「鋸扒」就在這裏。「這時還未有大家樂鐵板燒。」我明白她的意思。事物還未普及化前，就有一份矜貴。

要說這是一個青梅竹馬的故事可能有點老套，說我們是識於微時卻一點不差。我們之間的故事，就由灣仔西一棟紅磚屋開始。我與阿飛返同一間教會——循道衞理聯合教會香港堂，位於軒尼詩道與莊士敦道交界。對我們來說，灣仔西的起點在這裏，我們故事的起點也在這裏。

本來是找精神食糧，中午崇拜後阿飛說肚子餓，嚷着要吃火燄牛柳。她拉了我去波士頓餐廳。餐廳在二樓，要拾級走上一條樓梯，地面是餅店，有傳統糕餅，走經餅店的時候，阿飛眼珠骨碌碌地盯着大大白白的奶油蛋糕，吮吮手指說：「嘩，小時候爸爸給我慶祝生日，就買這個給我！」

我第一次見識火燄牛柳，一身藍色制服的侍應推來扒車，上有一枝利劍，串着兩件牛柳與幾片蘑菇，以熊熊烈火燒着，侍應用鉗子把它們逐片解拆下來，放在鐵板上牛柳仍冒着火，阿飛嗜辣，黑椒汁淋在鐵板上激起一幕白煙，滋滋聲的燒着，聲色味俱全。阿飛拿着餐布遮擋身體，連臉孔也遮着，我只聽得見她滋滋的笑聲。我笑說剛才講道牧師還剛剛說着以色列人拜金牛的故事，不久她就又在拜金牛了，她梨渦淺笑地說：「我何止拜金牛，我直頭是拜火教！」我不吃牛，我叫了蒜蓉豬扒，阿飛也不甘示弱：「你比我還差，聖經裏豬是不潔之物呀。」我們竟然把聖經故事搬到飯桌上，又以它們來說笑。後知後覺的我後來才知道，我們原來是說着情話。

那天原來是阿飛的生日。是的，波士頓雖不算貴價餐廳，但幾十塊錢一個扒餐，對還沒出來做事的我們並不算便宜，平時我們更多去的是茶餐廳或者快餐店。進入波士頓時明明還是中午，出來的時候已經日值黃昏，幾塊肉扒不可能在我們刀下磨磳得那麼久，每次回想起來都懷疑自己是否被回憶搞混了。但我清楚記得我們離開波士頓時還捨不得分手，我和阿飛有默契地把腳步挪移至修頓球場，街燈已經亮起，年輕人在球場上揮灑汗珠，老年人倚在欄杆上旁觀；天空暗藍不黑這個時候照相最美人們稱它為魔術時刻。修頓球場的大鐘滴滴答答地走到七時，在這魔術時刻我第一次握着你的手那滴滴答答原來是我的心跳聲。你低聲地告訴我：「今天是我的生日。」我想起你爸爸幾個月前做了「太空人」，身在外地；再愚鈍的我也心神領會，一枝箭般衝入波士頓餅店趕在它關門前買了一個奶油蛋糕。我們就坐在修頓球場切蛋糕，此時天空已經入黑，昏黃的街燈映照着蛋糕上搖曳的燭光，你輕輕一吹，滅了。

二

往後一年，我和阿飛的經常活動之一，是在周末做完崇拜後，在灣仔一帶蹓躂。教會的精神食糧填不飽我們的腦袋，有時我們會溜到天地圖書地底那間書店看書，我找着了一本書就喜歡站着打書釘，阿飛則喜歡在分類書架之間穿梭，文學、哲學、宗教、社會學……剛剛還在這裏，抬頭已在那裏，常常失去了她的身影，好像在跟她玩捉迷藏似的。我說：「你真是多心。」她笑着回話：「你是見樹不見林呀。」我沒有法子，唯有帶她到青文書屋，夏巴油站對面波鞋店上面，這二樓書店地方不大，任你怎樣走也走不掉吧，雖然它堆疊如山的書本身就像一座迷宮。但你總是有法子把我支開，到時到候就嚷着腿子軟了肚子餓了，一再重複你「要牧養心靈，也要關顧肚子」的金句，拉我到青文樓下橫街買街邊小吃，一串炸豬腸、一串辣魚蛋，或者一碟豬腸粉。饞嘴的你總是對食物有更大的反應。金鳳的無冰凍奶茶、檀島的酥皮蛋撻、靠得住的拆肉泥艋粥，都可以令你樂上半天。這年月青春痘仍如青春一樣勃發，經過葉香留或者三不賣，你一定要我喝一碗野葛菜水。涼茶第一家或者楊春雷也不錯。你說很有效的。我懂得回你嘴了，我說體內旺盛的賀爾蒙怎會受區區幾口涼茶控制。

我來自西環堅尼地城（Kennedy Town），阿飛是灣仔的「地膽」；灣仔這片地方，因為她而在我眼前張開。電車輾過莊士敦道路軌，就在眼前擦身而過，人們在沒有站頭的車站上落，半空的電纜結成一個蜘蛛網，像埋伏頭上的機關又像一道安全網。大金龍與當舖的倒吊蝙蝠安然共棲。一趟你帶我到太原街買回兒時玩的塑膠劍仔，倚天劍、屠龍刀、殺手鐧、離別鉤等十八般武器，紅、橙、黃、綠、藍、粉紅、透明等不同顏色，一個透明膠袋入着二三十把，今非昔比，成了收藏品身價自是漲了好幾倍。我略猶豫，你爽快地說：「我送你的。」我們還這麼年輕，竟然也以金錢來收集回憶了。

三

你平日到什麼地方吃東西都很隨意，唯獨是那間波士頓餐廳，你指定要在特別日子才去。或者每個人都要為自己訂立一些生活儀式，好讓平凡的生活偶爾顯得神聖。我跟你慶祝的第二個生日，我們又來到波士頓餐廳。都怪我不曉得預先訂位，輪候晚餐的人排到樓梯口。你沒有生氣，還說小時候跟爸爸等候人們散亂地排到餐廳門口，現在算得什麼呢。樓梯扶手兩旁和頂端都鋪了鏡面，你照照鏡子撥撥頭髮，說一點也沒有改變，終於排到收銀處，你指着櫃台後一缸金魚，說小時候排隊排得悶了就愛看這缸金魚，這缸金魚至少也放了十八年了。我說金魚缸很老，在其中擺尾的獅頭和鴻運當頭卻不知換了多少代。你梨渦淺笑，笑我總是這麼憨直。

這一次，你好像沒叫火燄牛柳。印象中好像叫了一客紐西蘭牛扒。我記得，因為你在牛扒身上塗上許多喼汁，餐桌上那瓶喼汁半瓶給你用掉了，你說吃牛扒不可以沒喼汁，這是港式豉油西餐廳的特色。我傻乎乎問你這不是紐西蘭嗎紐西蘭究竟在地球哪裏。你縮縮肩膊。沉默半晌，然後略有感慨地說：「是的，灣仔太小，香港太細，我遲早要飛出這裏。」我注意到你說的是「我」而不是「我們」，我沒開口說話，因為這個時候，香港以外的地方，對我來說的確是太遙遠了。

一年前《基督的最後誘惑》在影藝戲院上映，你未滿十八歲不得觀看。今天你成人了我說你從此百無禁忌了。你二話不說竟然興沖沖就招侍應叫來兩杯紅酒，我心裏發毛發毛不是我怕醉而是怕錢包的紙幣不夠。我靠替人家補習才儲得一點拍拖費，沒料到臨時有額外開支，那時候我對紅酒的價錢完全沒有意識，事實上這也是我第一次呷紅酒。你不知道我內心有多窘，只拿着高腳杯與我碰杯，說紅酒與紅肉是絕配這個爸爸一早給你偷試過了。

不出所料，埋單結帳超出預算，結果你動用了爸爸給你的附屬信用卡。這東西對我來說太陌生了，我只覺得作為男孩子生日要女孩子付費實在是太沒面子了。離開波士頓時經過餅店，或者出於一點心理補償我說給你買個生日蛋糕。你說不了太飽了而且奶油蛋糕實在是「太肥」了。我不是社會預言家，但當時我聽到你這一說，就想到如果連你也拋棄奶油蛋糕那它注定很快就會在這個城市消聲匿跡。

離開的時候夜色深沉而你也有點微醺。我不放心你一個人回家。原來一年以來我們在灣仔大街小巷遊走我不曾把你送回家（或者說你從來沒讓我送回家）。我看着你把直線走出一個S我堅持着你把頭枕在我的肩膊然後又甩開了。在皇后大道東上我們一直朝東走涼風拂面我們從微醺走到清醒。我問你的家在哪裏你指指上面說就在山的那一邊。還要走一條上坡路一直走到堅尼地道（Kennedy Road）。踏正十二時你的生日過了，我站在你家樓下望着你的身影一步一步遠去，我明白了一點什麼，行人止步，我跟我們的初戀都止於門外。

四

其實說是初戀可能也是我的一廂情願。應該說是puppy love吧。那次波士頓晚餐後，好幾個月我們疏於見面，最主要是我們進入高考的作戰狀態，時間和心力都給它佔據得所餘無幾。而你也清楚表明：「這段日子，讓一切放入冰箱。」我們偶爾互通書信，都是簡短的問候語和打氣話。時間一晃而過，我完全無法回憶這痛苦而又蒼白的日子。高考完結，等待放榜前夕，我打電話給你，說放榜日大日子在波士頓見見面好嗎，你略猶豫，回答說：好的，波士頓見。

放榜日前夕，如風眼降臨陸地，平靜得有點異常。到真正接到成績單，非常老套的七個字：有人歡笑有人愁。我卻是心如止水，像一個已經飽歷滄桑的人，或者不過不失，就沒有大歡喜或大傷悲。我緊張的反而是你。我走到波士頓餐廳，經過收銀機櫃台時我瞟了一眼金魚缸，一條獅頭魚鰾廢了浮在水面突然又猛衝一下企圖找回剎那的平衡。我忽然有種不祥的預感。

凍奶茶大半杯的冰塊已經全溶掉了。餐廳空調很冷，我凍僵了。我叫了一壺熱奶茶。熱奶茶起初是冒煙的，後來冷卻了，後來給全喝光了。時間一分一分的過。服務不算殷勤的侍應也來收了幾次碗碟了。我唯有再叫了一杯熱咖啡拖延時間。水份憋在膀胱，我盡量忍受着，終於不勝負荷我一個箭步衝入「男界」以最快時間小解，生怕就在這瞬間之中與你錯失了。這年頭我還未有傳呼機更別說手提電話，期間我去櫃台借了幾次電話撥到你家中，得來的回答是單調長響的「嘟」。就這樣我乾坐着彷彿這樣等下去我終於會明白什麼是地老天荒。就這樣我乾坐着如果不成一塊石頭或者我可以變成一尊蠟像。隔着卡座玻璃，我看見波士頓餐廳紅藍綠色的霓虹招牌亮得燦燦，綿密的雨打在玻璃上，我知道我搞錯了，所謂「地老天荒」根本長不過一夜，餐廳打烊關門，你始終沒有來。浪漫浪得虛名，不過是一個少年人需索一點「大於生命」感覺的美好幻象。

未幾收到你一封信。原來波士頓是你給我開的一個玩笑。你舉家移民，爸爸作先頭部隊，原來你一早已經知道，在高考完畢便要離開香港，在另一邊真正的波士頓與家人團聚。你在信中解釋說，那天的確來了波士頓餐廳，比我更早，逗留了一刻鐘，不想道別難過，轉念就直往啟德機場去了。你不知道，不辭而別才真的令我最難過。或者你根本是知道的，這正正是你所想要的。有一個人為你空等着，有一個人為你傷心——這是愛情中一種難以抗拒的虛榮。

五

自此我不再信任名字，又或者說，我更加明白符號的任意。我不再天真地以為，紐西蘭牛扒一定是紐西蘭、瑞士雞翼一定是瑞士、巴西豬扒一定是巴西。廈門街不在廈門、汕頭街不在汕頭；船街沒有船、星街沒有星、鵝頸橋沒有鵝頸、軍器廠街沒有軍器。連皇后大道都是一個錯誤的名字（「事頭婆」是女皇才是）。

名不符實，可能是一場誤會，可能是吾生也晚，錯過了許多歷史。存心欺騙的是一九九二年落成的香港第一高樓，明明不在中環卻叫自己中環廣場，那身會變換色調的燈光外衣分明是老千戲法。

後來你寄來過一些信，夾着你一些生活照。一幀在波士頓一家餐廳拍，你說是波士頓最古老的餐廳，名字叫 Union Oyster House。照片中你坐在一張木餐桌邊，手中捉着白瓷碟上一隻大龍蝦的鉗子，作勢給它箝着但明明它才是你的囊中物，很快就會被你拆骨去件送進你的肚子。我看着相片發笑，心想阿飛呀你去到哪裏都是一樣，一樣的可愛一樣的饞嘴，忽然我如夢初醒，怎會一樣呢波士頓從來是以龍蝦而不是以牛柳見稱的。你拿着的鉗子彷彿在宣告：你看，我真正來到波士頓。另一張拍的是一間紅磚屋教堂，名字叫 Old North Church，你的影子投在教堂牆身上。你說這是波士頓最古老的一間教堂。我想到你是把香港的生活整套地搬到異地了。講道崇拜不分國界。但事隔一年，我已經沒回灣仔的紅磚屋，手上的書也由約翰．班揚的《天路歷程》轉到卡繆的《異鄉人》了。

是的，幸好還有書。我去不了波士頓，但我找來一些書本看。名字還不是沒有意義的，你給我留下的兩個古老名字，成為我打開波士頓的虛擬門匙。Union Oyster House 原來不僅是波士頓最老的餐廳，還是美國連續營業最長的餐廳，開業於一八二六年，餐廳建築物則更歷史悠久，建於一七一六至一七年，是一間喬治亞風格的紅磚屋。許多名人曾經光顧，包括甘迺迪家族，所以樓上有一間 Kennedy Booth。Old North Church 的歷史看來更有趣，建於一七二三年，一七七五年四月十八日英軍來襲，教堂司事 Robert Newman 爬到教堂尖塔，舉起兩個燈籠發出信號，"One is by Land, Two is By Sea"，昭示民眾英軍正以海路朝 Lexington 與 Concord 進發，由此而燃起波瀾壯闊的獨立革命。由此我知道，每個城市有每個城市的故事。關於波士頓，它與香港如果有什麼共通性，就是二者都是臨海城市，因此有豐盛海產，多年來陸地面積也不斷向海水借貸，以及二城都曾經是大不列顛的殖民地，僅此而已。

一九九三年一月十三日香港末代港督彭定康在波士頓餐廳門前，植了一棵大榕樹，為「灣仔綠化計劃」第六百棵樹。大樹依今猶在。這個港督也喜歡喝涼茶，起碼在鏡頭面前。青春痘在我面上凋謝殘留，但每次經過葉香留，我還是會喝一碗野葛菜水。

加州在香港遍地開花，有加州紅有健身中心，經過柯布連道天橋，可以看到運動奇觀。《重慶森林》裏的阿菲根本不用到加州去。幸而歲月悠悠，波士頓餐廳仍只此一家。只要它一天尚在，我的懵懂朦朧初戀記憶，就不至於灰飛煙滅。

然而紅磚屋是留不住了。未幾循道會堂被拆卸，重建為高層大廈，一九九七年落成，從此面目全非，昔日的紅磚外牆、綠瓦窗簷、中國亭台鐘樓，俱往矣。儘管，人們仍然稱那建築物為「紅磚屋」，一如人們稱它的所在地為「大佛口」——由名正言順到名不符實，我有份經歷的，從此方知名字有牢不可破的意義。

一九九七年，香港回歸。我選擇在這時候離開。工作幾年，我儲了第一筆旅費，想見見真正的波士頓。就在這一年，你舉家回流，回來前給我寄來一信，說在老地方聚聚好嗎？我看着自己的登機證，我覺得命運真是懂得跟人開玩笑。就這樣，我們彼此的命途好像一個大交叉，相交一刻，爾後是愈發遙遠的距離，直至無限大。

如果你問我，事隔這麼多年怎麼我會記起以上種種，我會告訴你回憶從來是無緣無由的。如果你必須要我給一個理由，我會說，首先是懷春，跟着是懷疑，然後是懷鄉。時間不斷前進，我的脖子卻像給擰轉了頭，背向未來，眼巴巴看着從後飛脫、傾塌、堆積如山的歷史碎片。我在波士頓餐廳撿拾起其中一片。

這麼多年，紅酒我飲過很多，街邊小吃卻是絕跡了。波士頓餐廳我少有光顧。心理回轉，二〇〇九卻比任何一年都更接近一九八九。於是我回到波士頓。奶油蛋糕當然沒有了火豉蛋白蛋糕看來也不錯。樓梯兩旁和頂端的鏡面依舊，我瞥了一眼鏡中的自己依稀看到眼角跑出了魚尾紋。櫃台魚缸仍在裏頭的金魚卻不知換了多少代。火豉牛柳我始終不曾嚐過，因為我始終不吃牛。只見隔鄰一個少女拿起紙餐巾遮擋身體牛柳在鐵板上冒火時她一樣會發起滋滋的笑聲。卡座對面看來是她的小男友拿起數碼相機給她拍照。從利劍把牛柳解拆下來的那個侍應也很年輕，只有綠色的皮椅是上了年紀的。我吃着的鐵板大蝦豬扒似乎不比從前，只有暖熱的餐包是好味的。也許缺了你食物也欠了一點滋味。對面卡座坐着一對夫妻和他們的一個小女兒。我想到今天你三十七歲了說不定也有一個女兒你會帶她到波士頓重溫過去。波士頓餐廳紅藍綠色的霓虹招牌亮得燦燦，綿密的雨打在玻璃上，此情此景，似曾相識，我非常清楚，她是不會來的了。

（刊於《Stadt 城市誌》2009 年 11 月第 2 期。收於《親密距離》）

波士頓餐廳

Boston Old North Church

Union Oyster House

#地方小說

文學中，重筆描寫一個地方，不僅只是過場或背景，有稱為地方誌／地方書寫，近年新興了「地景文學」。表現於小說中，潘國靈的地方書寫，有寫及廟街的〈突然失明〉、前九龍城寨的〈遊園驚夢〉等，而以灣仔為背景，更可說是主體，則數〈波士頓與紅磚屋〉這篇應《Stadt 城市誌》一期「灣仔」而創作的小說。小說以灣仔鄰近的波士頓餐廳與循道衛理香港堂為原生點，前者為一家豉油西餐廳，後者在重建前曾是一座中西合璧風格建築，一是「口腹之慾」一是「精神食糧」，由此隨二個主角的腳步一直延宕開去；有趣在這地方小說，也是一篇成長小說，故事時間橫跨二十年，以灣仔作為重心，其中又寫及此地與他方的映照：地道的波士頓餐至美國的波士頓，此中又寫及一個移民故事；符號的把玩、場景的描寫、人物的故事，與一個地方於時代中的變化細緻交織。〈光與影的抉離〉寫灣仔影藝戲院及周圍，〈波士頓與紅磚屋〉足跡則幾乎遍及灣仔，二作都滿有「地方感覺」（sense of place），為灣仔這個混雜地方，也為香港這物事速生速滅之地，留下了獨立也可並讀的「地方小說」。

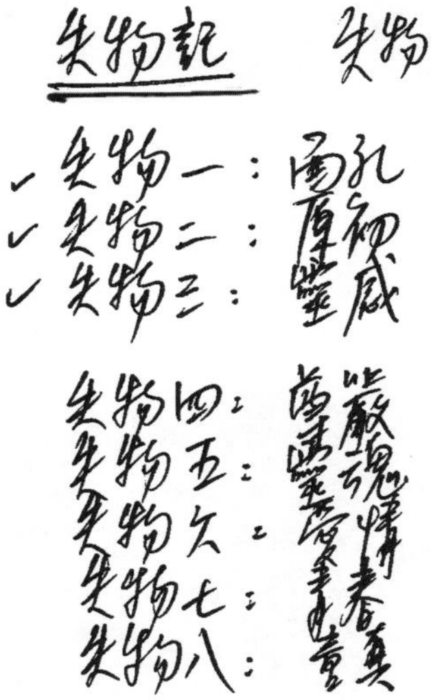
失物記　失物園

✓ 失物一：面孔
✓ 失物二：原初
✓ 失物三：靈感

失物四：尊嚴
失物五：靈魂
失物六：愛情
失物七：青春
失物八：童真

潘國靈曾構思一系列與失物相關的書寫，當中有面孔、原初、靈感、尊嚴、靈魂、愛情、青春和童真。失物園的城堡沒完全搭建起來，《原初的彼岸》卻在多年後成形了。

信者與不信者之旅

康德足不出戶遊走於他的十二範疇。霍金坐在輪椅上神遊太虛。我有一雙堅壯的腿，走不出一個圓。

我已經把自己鎖了很久了，於是你提議：「讓我們出去走走。」

走到哪裏呢？走到哪裏都一樣。但因為聽任擺佈是最容易的事，我說好吧，隨你的意思。

你選了一處地方叫應許之地。應許之地，名字真美。你始終是信仰者。你說：我知妳不喜歡吃喝玩樂，讓我們參加一個屬靈之旅吧。你無非是想提醒我，我們是在伊甸園裏認識的，乘上挪亞方舟，避過洪水，渡過紅海，上過西奈山，幾經艱辛，才來到一片流奶與蜜之地。我不否認我們的感情，是經過許多波折才走到今天，如你及無數前人後繼者所曾說的：「婚姻，是在世的天路歷程。」是什麼時候開始我由信者變成一個不信者呢？或者是當我打開門口，偶然碰到隔壁的蛇太，她從超級市場回來，挽着一樽奶，一樽蜜，準備把它們混在一起，在她七百呎之家裏，示我一個隱秘和共謀的笑。我忽然明白到無所謂仰望，三博士瞻仰的星星是虛假的，這城中本來就有許多呃神騙鬼的占星者。我舉頭極目所及，只見一式的高樓盒子。

由你選擇一個屬靈之旅開始，我知道我們將在旅程中分手。

這個薄寒時日，原來朝聖者仍是那麼多的。幾萬元一人參加一個朝聖步行團，步行四十日，沒有太多驚險，事前也買好保險，但汗水的確是要流的，有些人在步行途中中了暑、灼傷了皮膚（太陽油到底抵抗不了地中海太陽），或者是扭傷了腳，拿着一根樹枝作拐杖，很需要一點意志。真的捱不下去的，就留低歇歇，朝聖不是競賽，你無須跟別人鬥快，你也無須害怕跟大隊走失，朝聖者都是向着清晰目標前行的，況且我們還有許多嚮導。

游牧者以帳篷為家，而我們有不錯的酒店居住。路本來是沒有的，但行的人多了，便成了路。我們橫過沙漠，牧羊人、阿拉伯人、背着家當的駱駝始終不見。一座塔廟卻現身眼前，熱氣蒸騰我以為是海市蜃樓，你跟眾人一樣拿起數碼相機拍下。拍下來並不表示眼前所見並非幻覺，我心想但是沒有說。我和你很少交談，把心神花在步行上，就好像有了連結似的。

說是朝聖之旅，其實各人也有各人的心思。有一對也是來自我城的年輕人，起初跟人說他們是一對兄妹，後來又變成一對新婚夫婦。我對女子打趣說：「莫非你們是亞伯蘭和撒萊，小心我們當中有一個法老王呢。」女子睜大雙眼，不明所以，顯然我的笑話不成笑話，基督徒並不一定熟讀聖經的。交談一會，才知他們是旅行結婚。我問怎麼會選擇這「應許之地」？女子說，其實我們也想過「哈利波特團」、「達文西密碼團」、「色慾都市團」，文化旅遊，特別一點，不過最後由他拍板——她指指身邊男伴，男的於是接口說：「婚姻，就好比我們的天路歷程。」年輕女子微笑不語。我看着她好像看到昔日的自己，或者，我曾經也好像她一樣單純。朝聖者來自不同種族，各自說着各自的方言，偶爾人們也說着唯一的共同語，互相「巴別，巴別」一番，不一定為了溝通，也許為了表達友善。

重複的步行太單調，為豐富我們的體驗，朝聖之旅隔不久也會安排一些特別項目，例如村莊工作坊。當中，我們試着捆麥子、擠羊奶、搭祭壇，男的牧羊群、策驢子，女的帶着水缸到貯水塔取水。我們以石頭作枕子，披山羊皮毛作被子。又學着收集番紅花、昆蟲乾骸、石榴、貝殼、胭脂蟲，把它們製成天然染料。你做得很投入，你總是可以投入的。你給我把裙子染成七彩，又給我買來肉桂、香膏和茴香，塗抹在我的身上。這一瓶以實瑪利香水可不便宜，七銀子一小瓶，我想喊住你不要買，但看見你那麼雀躍，又不好拂你的美意。事實上，醉人芳香確曾帶給我好久沒有過的一陣樂子，儘管所有快樂都如同香水，塗在表皮，蝕不進骨髓而終必揮發。

有時我們也要齋戒禁食，或者只吃沿途摘來的果子。我摘下無花果子、橄欖和葡萄串子，甜美多汁得前所未見，一刻我也感動得幾乎流淚。你叫我分你一口，我略猶疑，你說不用怕，這裏的果子全都是可吃的。路過沙漠時吃沙漠餐，無酵麥餅佐以山羊或綿羊的鮮奶。節制口腹，因此我們更會學懂感恩，嚮導領眾人祈禱時說。“Amen”，你在我旁響亮地和應。我鬱鬱寡歡，你以為我不滿意食物，安慰我說：「現在暫忍飢餓，未來必有豐宴補償。」這個各人都好像有所期待，旅途壓軸的項目之一，是在上帝之家，又名圓形聖殿中，享受七小時的流動盛宴。

我在中途已把手錶脫下，我不知道也不想知道時間。來到一個園子，裏頭有柏樹、橡樹、嗎哪、無花果樹、橄欖樹，不同樹木各從其類，嚮導解釋說這是一個人工種植場，這裏甚至自製蜂蜜和葡萄酒，今晚我們便可享受上帝的恩賜了。因此我大概猜估到，我們已來到旅程的尾聲。我見無花果樹上有蛇竄動，嚇了一跳，嚮導見狀說：「不用怕，這裏的蛇全都脫了毒齒的，你盡可把牠們當作標本。」「朝聖怎麼可能，如果這不是主題公園」，團友中不知誰在搭腔，我問你聽不聽見，你說眾皆靜默除了妳在自言自語。

離開人工種植場，一所圓形聖殿已近在眼前，聖殿門前有市集擺賣各式各樣的乾貨子，有皮製水袋、阿拉伯鞍囊、鴕鳥羽毛製的扇子，有用金子打造的鍍金魚，給小孩戴在髮上的吉祥物。有占卜術士用動物骨骼預卜未來。有販子售賣一小袋一小袋的硫磺石，說是上帝毀滅所多瑪和蛾摩拉的活見證，因此待價而沽。又見珠寶攤檔，售賣各式耳環、鼻環、項鍊和手鐲，說是美索不達米亞婦女常戴的，團中不少婦女被吸引來，在攤檔前圍成一簇，我才一看，竟發現當中有一個相熟的面孔，原來隔壁的蛇太也來了，正挑選着可以瞞騙雅各的阿拉伯面紗。我們相視而笑，我很想也買一個，掩人耳目地，偷偷地溜走。

進入圓形聖殿，白牆上覆蓋着浮雕與壁畫，內有不少聖物雕塑，中間放着一張鍍金寶座，晚上主持聖餐時祭師專用的。寶座兩旁各設蠟燭檯，燭光搖曳，每亮一顆得付五銀子，收益撥捐「應許之家」私人慈善基金。鼓樂奏起，有男子高歌，有婦女搖着鈴鼓跳舞，當中有那個新婚的年輕女子。頭盤先來一客開心果、杏仁與小麥，以及一盤燉扁豆湯。祭師把一隻母山羊、一隻公綿羊剖開成兩半，排成兩行，祝福在座的夫婦繁衍眾多，如同天上的星和海邊的沙。年輕女子走過來，感謝我見證他們的婚禮，原來聖餐也一站式為新人祈禱賜福，朝聖團也是婚姻團，怪不得她男伴說婚姻就是他們的天路歷程。侍應以酒漏斗給我們盛酒，人們拿起銀酒杯碰出輕楞噹啷的清脆聲，觥籌交錯原來也可煉製出音樂。我差點也被輕盈的樂音迷醉了。奇怪祭壇上的山羊與綿羊，落到主菜碟子上時變了「鹿肉餐」。我懷疑我真的醉了，又或者我提早衰老得連羊與鹿的味道都分不清了。正當疑惑，你拿起酒杯跟我 "Cheers!"，並一再重複你的口頭禪：「一切都很美好！」

美好的話總是提醒我美好之闕如，原來多年來我害怕的就是生命無條件的讚嘆號，以及非常肯定的 "Cheers" 與 "Amen"。頭頂的水晶燈很晶瑩光亮，我看到窗外一片漆黑，漆黑中好像閃過一道磷火。忽然之間，我很想從光亮中鑽進漆黑，或者可以看到真正的流浪者圍着磷火為酒神起舞。正當此時，蛇太看穿了我的心思，她走過來把她在市集買來的阿拉伯婦女面紗遞給我。我接過了包裹着臉，踮起腳步輕輕溜走。臨別時我瞥你一眼，看來你也醉了你挽着年輕新婚女子胳臂錯以為是我的一再重複「一切都很美好！」由新婚女子到蛇太之間，到底是怎樣的歷程我不想知了，我決定中途出走如果出走還是可能的話，離開似曾相識及將至未至的自己。我不可回頭不可回頭一旦回頭或者我會被罰成永遠原地站立的一根鹽柱。跨過門口，有無花果葉子片片落下，片片落下，剛好它飄落，碰巧我路過，碎步踩在葉子身上可以聽到脆裂。

（刊於《字花》2010年1月第23期。收於《親密距離》）

#信與不信

潘國靈作品中藏有很深的宗教性，這跟作者的成長背景有關，但究其實又彷彿有着更本質性的，如他所言，「小時候，存在之迷已經同時深深糾纏着存在之困」，由宗教而歧開出一條文學之路；他的作品中時有不少宗教元素，或是題材或是其中的情節或是其中的氛圍或思考，而始終以基督教為最深者。〈波士頓與紅磚屋〉寫到一對主角返教會的日子，〈信者與不信者之旅〉則見他借用或轉化聖經元素，虛構出一個現實與想像交織的現代朝聖團，由起初一同上路，逐漸成了一個出走的路程；生命的不同步調在旅程中凸顯出來，作者以一篇旅行小說，重新演繹「信者與不信者不能同負一軛」；蛇太影子的幾番暗晃，是誘惑彷彿也是令女子覺醒的一個觸媒。「朝聖怎麼可能，如果這不是主題公園」，小說裏的朝聖之旅，也是一個文化旅遊團，其中作者在小說中也探詢到朝聖在現今社會的可能或不可能、神聖的「世俗化」以至消費主義化，或者後者才是現代人的一門「新宗教」。

所有救贖的故事都包含信與失信。信的理由很少（因為少，所以極強，如阿基米德所言：「給我一個支點，我可以舉起整個地球」），失信的理由較多，可能是信念的動搖（根本不深），可能是生命的轉化（不以表面的失信為「失信」），可能是深刻的懷疑（我始終無法在生命中袪除的），可能是太自知的無知（落入永遠的「不可知論」），可能是徹底的背叛（那往往通向原來信仰的反面，包括復仇），可能是最終墮入了虛無。

——〈救贖之姿，信與失信〉，《七個封印：潘國靈的藝術筆記》

無休止縮小

昨天回到家中，赫然發現父親比我矮了半個頭。我忽覺奇怪，二十多歲時，我明明記得，我跟父親是平頭的。若不是我長高，便是父親變矮了。但我理應早已停止發育多年。

於是我跟父親說：「爸爸，怎麼原來我比你高出半個頭，以前我也沒發覺。」

父親笑說：「是呀，人老了，縮水了。」

一整天我就想着「縮水了」三個字。

—

一個人用了人生頭十多年來「膨脹」，尾段的十多年則靜默地「縮水」。在肉體上，「縮水」跟「萎縮」變成了同義詞。我忽然覺得，父親的自嘲透着無奈的悲哀。縮到一定程度，就必然是“Six Feet Under”。我心想。

「我本來就不夠六呎高嘛。」

爸爸，我心想的話明明沒說出口，怎麼你會這樣說呢。

二

父親說：「你的書我愈來愈看不下去了。看得我老眼昏花，字體太小了。」

於是在出版新小說時，我就跟編輯說：「我希望把字體調大一點。」

「已經調大了半點了，還不夠大嗎？」

「再多半點吧，好像看得有點辛苦。」

「太大隻字了，你的讀者是年輕人，不是七老八十呀。」

沒想到一個創作者要在字體大小上跟編輯討價還價。

「這樣吧，人多好辦事，叫美術設計一齊來幫幫眼。」編輯說。

仲裁者來了，說：「嗯，太大不好呀，照我說，反而應該調小半點。」

忽然我覺得，我們討論的已不是字體的問題。他們同一陣線地排斥着一個世界，我站在另一端，企圖以微弱的力量捍衛它。

父親生日時，我送了一副放大鏡給他作生日禮物。父親很少用到它。

三

「我幾年的心血，就全在這片『指甲』裏了。請好好保管。」給出版社交書稿時，我跟編輯說。所謂「指甲」，即是一個容量32GB的USB儲藏器，體積跟一片「指甲」相若。編輯笑說：「真是神奇，不久前還是一隻手指那麼大，現在一片指甲，就裝了你幾年的心血。」我也笑說：「還有很多空位，我寫一世文字，也填不飽一片指甲。」「填不飽，就多拍些照片，或者拍錄像吧。很快，你發覺500GB也不夠你用。」「我親愛的編輯朋友，你應該知道，我是一個文字死硬派。」

四

文學雜誌編輯致電來說：「小說不要寫太長呀，一萬字是極限了。」我說好的。掛線，「極限」二字仍迴旋腦際。我想，這可能是人生最容易達到的極限了。

報章編輯致電來說：「你的文章稍長了，可否 cut 一、二百字？」問一聲「可否」就是尊重你了，我明白，這個城市的人沒多大能耐看文字，文字編輯都這樣說。

五

一天我回到父母家，看到父親在低頭看報紙，我忽然知道，我搞錯了。報紙字體不是比我書的字體還細小得多嗎？「看得我老眼昏花」是真的，「字體太小了」，卻只是一個美麗的說法。父親畢竟不是我的讀者，這刻，我覺得編輯和美術設計都是對的。

從此，也許我應該考慮，每出一本新作，就把字體調小半點，直至跟報紙等同。我無力頑抗。我曾經排斥的世界，原來才是我的歸宿。

六

我的父親曾經是一個巨人，對於小孩時的我來說。巨人的意思包括，他是一家之主，他是養活一家人的支柱。他孔武有力，可以把我抱在半空中，或者托在他的背上。他有無上權威，可以把電視機忽然關掉，可以在九時半前把我趕上床睡覺，可以在他認為我犯錯時（更多時我只覺無辜），施以懲罰，由語言責罵到藤條炆豬肉。那個把我從最初左手寫字改成右手寫字的人。

因為知道他不看，我就寫得更放手了。

於是有了這篇小說。

無休止縮小，是世界不可逆轉的必然命途。

身體、字母、文學，一同走向縮小的末路。

我想像自己也一點一點地縮小，直至無人察覺。

（刊於《信報》2010年4月27日。收於《親密距離》）

#縮小

無休止縮小，物事消隱可能的狀態之一。〈無休止縮小〉以父親的身體開筆，筆鋒一轉至書、報紙的字體大小，後者側寫小說中父與子的關係，更映照出物事不可逆轉的歸宿。最後小說字體的逐點縮小，就不僅止於形式上的。

關於「無休止縮小」，作者說了一個母親小時候給他分享的故事：「那時候太小，故事依稀記得。母親一次跟我說到一對恩愛夫妻，他們一同許願：『不能同年同月同日生，但願同年同月同日死』，後來不知是夫或妻其中一個吃了『不死藥』，因為這願給上天應許了，另一個也變成不死。結果他們一年一年的老邁，而原來人老了會縮小，最後不知經過多少年月，二人縮小到只剩一顆粒的大小，不為人所察覺，也為人所忘記。故事大概是這樣，那時候年紀小，聽着覺得有趣，但也好像聽出另一種意思。」加西亞・馬奎斯到成年時，才想到兒時祖母說故事的方式就充滿文學性；作者也有一個大白天說離奇故事如日常的母親，小小敏感的心靈聽進去，不知是否對作者日後成為一個說故事的人，也有潛移默化的作用。

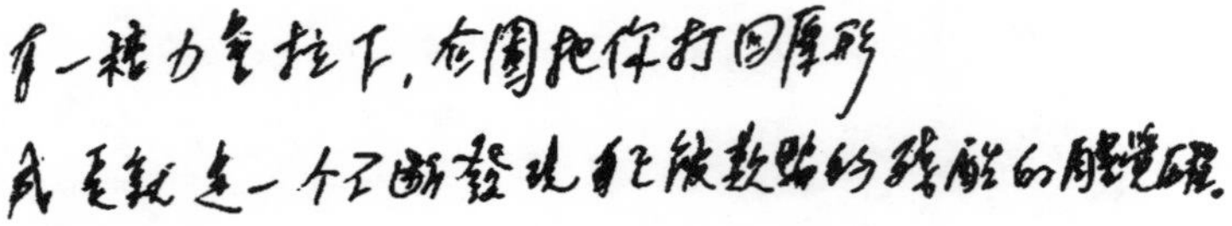

有一種力量拉下，企圖把你打回原形

成長就是一個不斷發現自己被欺騙的殘酷的覺醒歷程。

——潘國靈手記

石頭的隱喻

1

小時候，我的母親很喜歡說故事，說一些很奇怪的故事。譬如說，有一個女子因為思念遠去的丈夫，立在山頭上等呀等，吸取日月精華，就成了一尊石像。人們給她一個名字，叫望夫石。望夫石緊緊背負着一個孩子。我聽着覺得有趣。後來她帶我到一個山頭，遙看了這尊望夫石，於是我相信，再奇怪的故事都有可能是真的。

她說女媧補青天，精煉了三萬六千五百零一顆石頭，全用光了，除了零零丁丁剩餘的一顆，這一顆後來墮落凡間，就成了一塊通靈寶玉。母親說，你知嗎，你出世的時候也是啣着一塊石頭來的，所以我就叫你做「石仔」了。我知道母親又在給我編織故事，但與其說她是杜撰者，不如說她是說故事者——負責把故事收集、再用一把口來搬演的人。她說的故事有着樟腦的味道，神鬼仙怪妖佛魔，什麼都可以變成石頭似的。或者因為我的名字叫「石仔」吧，她說的所有關於石頭的故事，我特別聽得入心。有時我不能入眠，哄着她給我說故事，她隨便都可以說一個，有時我使性子，非要她給我說一則石頭的故事，不讓她離開我的床沿，或撳熄我的床頭燈。她笑說，人家收集石頭，你卻是收集石頭的故事呢。

在這之前，我其實並不知道世上真有石頭的收集者。石頭有不同大小，不同年輪，不同形狀，不同密度，不同紋理，不同質感。一次跟母親旅行時，我看到兩個孩子在灘岸一堆碎石堆中，撿拾石塊如尋寶似的，原來他們在挑選一些晶瑩剔透的，向路人兜售。母親路過，給了兩個窮孩子幾塊錢，換回一塊似玉又似石的東西。母親把這塊玉石放在我的心口，說，回家在它身上戳一個小孔，穿一條繩子，繫在脖子上給你掛着，作你的生日禮物。那年，我十一歲。母親又說，不是人人戴玉都好的，但石仔你一定會。果然，隨着年月，這片本來暗啞的玉變得愈發通透，綠裏帶白，拿它在陽光之下照，可以看到玉的內心。我天天把它戴在身上，只在沐浴的時候把它脫下來，而後來，即使沐浴我也懶得把它脫下，乾脆就讓它跟我每天洗滌身體吧。再後來，它不見了。我不知道我怎麼把它丟失，只是當我把它想起來時，它已經失掉了。又或者說，恰是它的不在，我才重新把它想起來。總之，從此，它由一塊玉石，又變回一個石頭的故事。

所有故事都可以變成石頭的，母親說。我記着，好像領悟了一點世情。

2

每天放學，母親都會在學校門口等我。拖着我的小手，回家路上我們會路經一條石板街，一級一級如石梯般層層遞落，母親說：「石仔，你看這條石板街，日子有功石頭都被路人的鞋子磨蝕了，其中，有我們的份兒。」我看看石級，果然給磨得光溜溜，但凹凸中也綻放着明暗有致的缺口裂縫。

在許多次回家路上，我想我一定問過母親你關於生之奧秘，譬如，「媽媽，我是從哪兒來的？」我當時以為母親你什麼都知，但這個問題你沒有答。或者應該說，不曾給過我一個滿意的答案。「你叫石仔，不就是從石頭爆出來的嗎？」又說：「你當然是從我的肚子出來的嘛。」其他的媽媽也好像這樣跟孩子說過。

只在一次你帶我到寶雲道上看一塊巨石，一柱擎天的，你揭開了謎底。「這塊石叫姻緣石。」是的，「姻緣石」三個字，以紅色墨彩寫在大石之上，我看到，但「姻緣」這兩個字，當時於我還是有點深奧。你說，「媽媽為了懷你這骨肉，就來到這姻緣石摸摸，誠心求拜，結果靈驗了。所以，我就把你的名字叫作石仔。」原來，「我是從石頭爆出來的」——不全是一個笑話。

你給我翻開書本，從頭細說，石仔，人類祖先從石器時代開始，原始人居於岩穴中，所以我們稱他們為「穴居人」。他們很聰明，學會擊打燧石取火，有了火就有光明，我們現在反而不懂得的。但，石仔，你不要以為所有狀似石頭的東西，都一定是石頭。譬如說，有一種魚，不動的時候與石頭無異，但牠們不是石，牠們是魚，所以人們稱牠們為「石頭魚」。一些怪石，長年暴露於天地間，吸取日月精華，會成精。譬如從前有一個石家莊，石家莊裏有一座石廟，石廟門前有一對石獅，經過百年光景，一天，石獅忽然不見了，人們說石獅成精，逃出生天。

我一直不明白而沒問出口的是，母親，你的名字叫陳玉。以你對石頭的敏感，不可能不知道有一個成語，叫玉石俱焚。由此我猜想溫婉輕柔的母親你，靈魂內也許有我所不知曉的凜烈。

3

「石仔，你喜歡石灘多一點，還是沙灘多一點？」我記得有一次你這樣問我。

其實應該是我先問你：「你喜歡山多一點，還是海多一點？」你的答案很年輕，年輕得如同我當時一樣，都是比較親近海的。然後你問：「那你喜歡石灘多一點，還是沙灘多一點？」那天是我們第一次結伴出行，來到石澳，我答：「我叫石仔，當然更喜歡石灘啦」，於是我們就棄走沙灘，走到更遠一點，人跡稀少的石灘。我並不是存心握你的小手的，但原來在石灘上步行，對一個女孩子來說是有點難度的，更別說那些受海水滋潤染有青苔的，連我走起來都得格外留神。於是我伸出了幫助之手，你接着了，一步一步，上上落落，在由石頭堆成的灘畔中，我們挑選了屬意自己的一塊。選定了，這裏陽光不太猛烈，石頭表面比較平坦，即使潮漲海水也不會濺上來，充當我們的天然座椅實在是理想極了。我們坐下，聽白色的浪花拍打石灘，融入了我們的喁喁細語，海水在陽光的照耀下閃出一粼粼銀光，整個畫面看來都是清藍的。

是的，母親，十八歲那年，我生命中有了第一個女子。她與我是同校同學。她修文學，我修哲學。我告訴了你。你說，石仔，現在輪到你給媽媽說故事了。哪裏有愛情，哪裏就有故事；我的故事早已枯乾，你的卻有待生長。

4

你知嗎，我們曾經是恆久的夙敵。她說，既是恆久，又如何曾經？果然是唸文學的，一下子就把我的語法錯誤找出來了。我當時並未理解，曾經的東西，的確是可以恆久的。於是我就正色道：「我說的是，哲學和文學曾經是死對頭。你有沒有聽過，柏拉圖把詩人逐出理想國？」「但後來，亞里士多德又把詩人接回來呢。」可以搭上嘴就好了。在偌大校園，如果當時有所尋索，應該就是一個跟我可以談上文學、哲學的知心友。我們竟然懂得將初習的學問轉化成日常的話題，請相信我，無論當時如何幼稚，這完全是出於真心而無半點炫耀之意。崇尚知識名牌大抵一如現在年輕人追逐消費商品——如果後來大學生不再把柏拉圖、亞里士多德掛在口邊，只是我們把這兩位先賢逐出了我們的理想國。

文學跟哲學遇上，其實是在一門「希臘神話」的選修科。老師說薛西弗斯觸犯眾神，被宙斯降罰，於陰間把一塊巨石滾上山，由於它本身的重量，巨石每到山頂便滾下來，他又得從山下把它推上山頂去。這徒勞無功、無止境的工作，神祇看以為是最可怕的酷刑。你在我兩行前把頭擰過來，看了我一眼，好像在給我傳情達意。但我不是一塊巨石呀，我只是一片小石。我行走的步履很輕，時常像飄的，你說。

當「希臘神話」其中一堂課說到 Medusa 的故事，你就拿它作自己的英文名字了。話說希臘神話中有蛇髮女妖三姊妹，其中一個是麥杜莎，為凡間一個美麗女子，竟斗膽與智慧女神雅典娜比美，被雅典娜施法，將其秀髮變成無數毒蛇，誰人只消看她一眼，便會立刻變成一塊石頭。你說，你現在注定是我的囊中物了。

「難道你寧願變作女妖嗎？」

「總比平凡的好。」

「那我不敢直望你了。」

「不，我要你看着我。」

我把視線從手上的書本，抬到你的面龐上。

「不，不要看着我的眉頭，我要你看着我的眼珠子，直望進去。」

我看進去了。

「看到什麼？」

「魔鬼。」

「還有呢？」

「美麗。」

「這個當然。還看到什麼？」

「自己。」

「對了，我的魔法已經生效了。」

「但你好像還欠一頭蛇髮。」

「沒問題，我會找髮型師弄弄的了。」

5

所以，當我第一次帶你回家的時候，你的頭髮已變成一盤蛇髮，一束束捲曲像蛇的波浪，染上了啡棕色的，散落在兩膊之上。陳玉跟 Medusa 見了第一面。也許是你的蛇髮太搶眼，我發覺母親不時定睛盯着它。我不敢告訴母親關於 Medusa 的典故。我只偶一不慎喊了你的名字一趟，母親聽到了，差不多都開口問了：「麥？」我打趣說，你的花名叫麥提莎，因為你喜歡吃一種叫麥提莎的朱古力，你接口說，是呀日子有功頭髮就變成啡色了。母親笑說，是嗎，那下趟見面我給你送一盒。你乜斜着眼望過來，跟我發出一個好像恍若共謀的暗笑。母親被我們隔於暗笑之外。我第一次覺得，我好像欺騙了母親一點什麼。

其實也毋須顧忌的。母親應該沒聽說過 Medusa。關於石頭的故事，我長大後發現，母親並不如我小時候想像的那麼無所不知。她會知道，金玉良緣，木石前盟，終生誤，枉凝眉。她會知道，金馬成精、石獅作祟、老榕成精，種種的古老傳說。但西方故事的一大片世界，是她所不曾探索的。她不知道，有一個神話英雄叫薛西弗斯，每天被懲罰把巨石滾上山，巨石到達山巔又會滾回山腳，如此來回復返，永劫回歸。她不知道，有一個哲學家叫海德格，說存在被置於被遺忘的狀態，就像我們平日穿鞋子忘了鞋子的存在，只有當我們在鞋子裏放一塊石子，方才復知它的存在。這是我在存在哲學課中學到的。她不知道，有一個俄國文學理論家叫 Victor Shklovsky，說文學之道在乎陌生化，其金句是“To make the stone stony”。這是麥杜莎在文學理論課中學到而轉告我的。轉告的方式是一首詩，我十九歲生日時她給我寫的一首，尾句是：「使石頭成其為石頭」。

母親，我沒聽你說故事很久了。從什麼時候開始呢？現在竟已想不起來。或者是我第一次鬆開了你的手。第一次推開了你。某天我說了這一句話：媽媽，我大個了，你不用再天天跟我說故事了。也許並沒有真的說出口，只是我在生活中，切切實實這樣做了。在你面前我收起了一度張開的耳朵。

6

你一再喚我：「不要看我的眉頭，看我的眼睛。」我看進去了，黑色瞳孔中有自己。剎那間你又閉上眼睛。「我不讓你看。我不想你變成一塊頑石。」「不會的，Medusa，就算我是一塊石頭，也是一塊有情的石頭。」趁着你閉起眼睛，我把嘴巴印在你的嘴巴上。又或者是為了迎接第一個吻，我們才閉上眼睛？濕潤、柔軟、細膩，懂得捲動的，那的確不是一塊石頭。我知道了。

我告訴你，關於石頭，小時候母親給我說過很多。你回嘴說：「以後，我會給你說更多。」竟然帶點醋意，女子，實在不是我所能明白的生物。

你說，石器時代已經太湮遠了。

你說，石獅沒有了，因為已經變作銅獅。

你說，這個城市已經沒有石家莊，這個城市叫石屎森林。

你拉我到石澳，在海灘上撿石仔打水漂，我創下了石仔在海面上彈跳六下方才沉沒的紀錄。你說我果然名不虛傳。

我帶你到寶雲道看姻緣石，你說早見過了，要看就要看沒見識過的。最近也要去天涯海角。我一臉問號，你說，天涯海角你也不懂？你虛有其名呀。就是兩塊石，在海南島，一個在左邊，一個在右邊，上面分別有人用紅色墨彩寫上：「天涯」、「海角」。

後來又說，不，天涯海角都太普通了，英國威爾特郡有一個著名巨石陣，是史前建築遺跡，至今其起因和建造方法仍是一個不解之謎，懷疑可能是外星人留下的。這才是真正深奥有趣的玄學故事。你說，大學畢業怎都要去一趟歐遊，這是我們要去的其中一站。我面上略有難色，因為我們並未有足夠的積蓄。

未去到歐洲前，我們去了一趟澳門，你說這裏也很有歐陸風情。我們踩在議事亭前地的鵝卵石上，細意漫步，我說「鵝卵石」這名字真有趣，我其實從沒見過鵝卵。你說鵝卵石給許多路人的鞋子磨得光溜溜，其中有我們的份兒。這個故事我倒似曾相識，一定是你轉化自我的。

二十歲生日時，你給我在電台點歌，我喜歡民歌組合 Simon & Garfunkel，你特別挑了一首 *I'm a Rock*。"I am a Rock，I am an Island / And a rock feels no pain / And an island never cries…" 你說歌詞多酷，男人要 cool 才型，我說如果我真的變了一塊頑石，你還會喜歡我嗎？你說無論我是頑石岩石礦石隕石鑽石鐘乳石活化石，都一樣喜歡。因為無論我是什麼石，都是你的傑作。

「你忘記我就是蛇髮女子 Medusa 嗎？」

「或者我要考慮把英文名字叫作 Perseus。」

「好的，我就把我的頭顱交給你。」

你把頭顱放在我的肩膊上，柔軟恍若無形的身體蓋在被子裏，只露出了誘惑的頭顱，紅色蛇髮披散在我臉上。我無力招架，任它遮蔽了視線。反正我們都準備關燈了。蛇在被子下蠢蠢欲動。

麥杜莎呀麥杜莎呀，我不過望了你一眼何解我就變了一塊堅硬的石頭。

7

石仔，還有什麼故事呢？輪到你說故事給母親聽了。是的，是的，你告訴過我了，關於你的麥提莎，這名字太滑稽。滑稽不是我所喜歡的。我就叫她麥子好了。麥子落在石頭上，如果麥子不死，也算是登對的。你以為西方的知識我不懂嗎。媽媽可是看過聖經的。我說，找天帶她上來吃趟家常便飯吧。但你始終沒再帶她來。

你告訴我，這個麥子很頑皮。她把一小片石塊放在你的鞋子裏。你在學校宿舍一覺醒來，把腳套進鞋子中，飛奔趕校巴赴早課，走着走着覺得有東西硌在腳底，脫掉鞋子，竟然就找出一小塊石子來。你馬上就想到這是麥子的鬼主意，因為前晚你才跟她說一個叫什麼海德格的哲學家，說什麼存在平日被置於遺忘的狀態，就好像人們平日穿鞋子，根本忘了鞋子的存在，唯有在鞋底放一塊石頭，人們才想起鞋子的存在。這是你說故事的方式，不是我的，但我聽過一次，就可以用你的話語複述出來，也可以說，現在是孩子教母親了。

我懂得這個哲學家的故事。因為，如果這個世界有神，祂最近也把一小片石塊放在我的腎上了。我不知它在體內沉睡了多久。直至它發出了微痛的呻吟，我感覺有些東西在體內騷動。微語把我帶到超聲波機之下，醫生說，腎臟結出石子來了，我方才省起，我把我的內臟也忘記許久了。為什麼是腎，不是膽，不是胃，不是膀胱？是所有器官都適合石頭生長的嗎？醫生說，這腎石體積極小，差點連超聲波都走漏了眼，因為那麼細小，用激光擊碎是不太可能的。「我給你開一些藥，讓它自動溶解，希望它可以透過尿管排泄出來。但這個說不準，會給你密切檢查，看石子有沒有增大。也給你一些止痛劑。」微痛的呻吟逐漸演變為陣痛的叫囂，再而擊起劇痛的巨響。那麼的一小片怪石就夠你承受了；止痛劑也敵不過它。這個時候，我倒想好像那個哲學家所言，把存在統統都忘記，我的器官，我的身體，以至我的靈魂。從小至大，我給你說了那麼多關於石頭的故事。結果最後的一片，竟然長到我最私密的身體之上，我卻對它守口如瓶，你假日自宿舍回家，我一聲不吭，至痛得難以承受的時候，也只是把房門關上。石仔，不知你有沒有發現母親比以前沉默了許多？我好像曾經告訴過你，所有東西最終都是會石化的。我只是沒想到，譬喻最終是變成事實了。其實也不是沒想到的，一切只差時間。

你大學畢業，說想去一趟長旅行，說這是很多大學生的一道畢業儀式。我明白你的意思，當然不是邀我同遊。你有你的世界，我可以做的，是在旅費上給你支持。我知道，你這塊石子，是擲到海上愈彈愈遠一下兩下三下回不來了回不來了。對此我有足夠的心理準備，或者也可說，你慢慢讓我習慣了。一個月的離別也不算很長。我只是有點難言之隱。想不到是這個時候，偏偏是這個時候。當石塊在我腎上遊弋每遊一下就像螺旋輪在體內猛鑽一輪。我感覺它正在體內滋生，有了愈發壯大的力量。它的力量把我一分一分的侵蝕。我在床榻上而你在天涯海角處。

聽說所有東西都是會石化的。柔腸要多久才變成鐵石心腸。物化是唯一的歸宿。我不抱怨，這純粹只是痛楚的呢喃。

你回到家中也許我安然無恙也許我身在白色巨塔。回到家中你給媽媽在床畔說故事好嗎？說說你去了什麼地方踩過什麼石地摸了哪塊石牆看了什麼石頭？我的故事早已枯乾，你的卻正在上演。只是當記，如果有窮孩子在灘岸撿拾石子，就給他們幾塊錢買一塊吧。這樣的孩子遠至中國的北極村都有。就給我寄回一塊中國最北的石頭。是的，十一歲生日我給你掛在脖子上的一片玉石你還記得嗎？你把它丟失了。我最近一個人在家中無所事事竟然在櫃桶底翻了出來。原來它一直沒有丟失只是你把它遺忘了。現在就放在你的床頭。回到家中如果我不在你見到它時請想起媽媽。如果你喜歡或者你可以把這塊玉石送給麥子，讓她知道我們的故事。

（刊於《小說風》2010年12月第18期。收於《靜人活物》）

#石頭

潘國靈喜歡石頭，是多年來的事。《傷城記》早有一篇〈當石頭遇上頭髮〉，石頭在小說中變成人物名字，與角色成長聽的歌 *I Am a Rock*，小說將歌詞織進文本中，又用以述說故事。事隔若干年後的〈石頭的隱喻〉將石頭這素材發揮得更加淋漓極致，全篇砌成一座石陣，包括來自文學、哲學、音樂，也有來自真實來自他方的石頭（如英國的巨石陣、漠河賣石塊的攤子），以石頭交織，以石頭語言來述說一段情人和母親之間的故事。作者尤其鍾情的希臘神話麥杜莎（Medusa），在小說中不僅止於典故引用，而成一個現代化身，小說結尾說石頭長到母親腎上，發出微痛的呻吟，則真的是石頭長到肉身裏去；潘國靈小說的收結總是意味無窮，餘音裊裊。

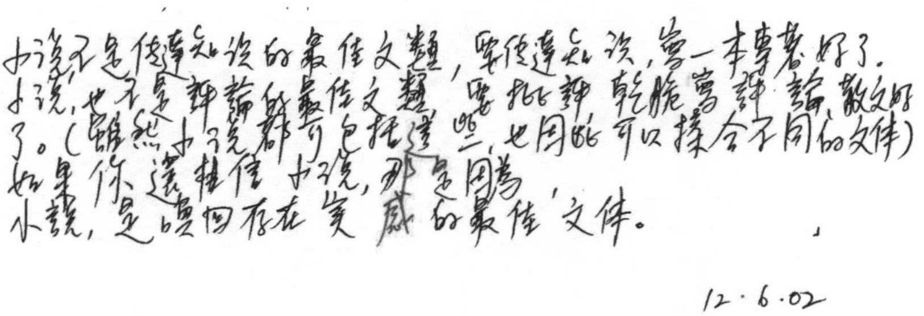

小說不是傳達知識的最佳文類，要傳達知識，寫一本專著好了。小說也不是評論的最佳文類，要批評，乾脆寫評論、散文好了。(雖然小說都可包括這些，也因此可以揉合不同的文體)

如果你還相信小說，那是因為，小說，是喚回存在實感的最佳文體。

——潘國靈手記

面孔的皺褶

1．脖子

我說，如果你真是懂得愛，這是你要開始學懂愛撫皺紋的時候。我拿起你的手，你縮回，我再拿起，按在我的臉上，引導你的手指在我的臉上遊弋。我說，開始總是不動聲色的。總是會有一個地方先失陷的。我說，你與我朝夕相對，但你何曾真情細意地感受我的面容？或者曾經，但很久沒有。我說單用眼睛看是不夠的，重要的是用心撫摸，觀看是冷硬的，只有撫摸是溫柔的。我說將帶你展開一段面孔的時光之旅，會走過沙漠，走過世代，走過動物園；出發點，不如就由脖子開始。我開始述說，示意你細聽，不許胡亂插話，打斷行程。我是今趟旅遊的嚮導。你說好的，今天一切由我，且聽我說到故事的盡頭。

二、外婆

聽說在這世上，每個人最終都是會枯乾的。開始可能是漫不經心的，如皮膚乾燥，逐漸，乾燥的面積擴大，有些從手部開始，有些從脖子開始，有些從頭頂開始，皮膚愈來愈乾癟變薄、暗啞失色，也有是突如其來的，如嘴唇突然龜裂，從此無法縫合。這些，我明明都是見過的。

我記得我的外婆，五十多歲時，雙手就粗糙得如粗粒沙紙，握着我的小手經常會擦出血紅來。六十多歲時，最突出的是頸脖，一塊鬆垮的皮長長的吊在下巴，摺疊如捏過的皺紙，我想過勞作課用皺紙時抽它一把不用破費耗時到書店買。或者，她摺疊的下巴本身就是一個複雜的勞作，在所有可找到的摺紙書中，都沒有教到。只是摺紙是愈摺愈厚，人的表皮卻是愈摺愈薄，到最後恍若氣球吹至極脹，忽然爆破。

當平滑的光面變成磨砂玻璃。當柔順的肌膚變成塊狀魚鱗。這些，我明明都是見過的。只是當時不以為意，甚至覺得得意，以為外婆生來如是，本該如是。我當然明白她也曾年輕過，但我沒見過。沒見過即無從見證，壓根兒連一張照片也沒有。外婆給我最後的印象，就是一塊蝙蝠皮，倒吊在脖子之上，上有黑斑斑點點綴。

身體的萎謝，沒理由不留下一絲剝落物的。外婆的身軀愈縮愈小，奇怪是那縮小的體積不知往哪裏去了，都隨生命的氣精而蒸發掉了，如果那是物質，應該可以轉化出許多能量。外婆死的時候，身體躺在一具柳棺之內，小如一具熟睡的嬰。埋入泥土之後又是如何？這時候還是比較流行土葬的。乾枯的身體還有沒有滋潤泥土的本事？我不知道。但墳頭的確長出花朵來，有蝴蝶圍着花兒翩翩起舞。這一年，我們還非常年輕，你來不及看到我在生的外婆，第一次見面，竟然是在墳場告別。

3．面頰

你說記不起來了，由下巴走到墳頭，跳躍實在太大了。請容納我的意識流。皺紋不就有幾分像河流嗎？（江河日下的「河」，似水流年的「流」）。我於是把你的手放在我的下巴，問你，感覺如何？你說，還尖尖的，拉得很緊。我說你不夠細心，認識的時候仍是尖尖的，現在中間已微微出現凹陷，快要成雙，好像一個布冧。

我說生命是一場摺禮皺紋愈摺愈厚愛情愈摺愈薄，你不明白。我說，你當然不明白啦，你受上天眷顧你得天獨厚，皺紋常常避開你，你好像永遠不會老。我說你永遠只是旁觀者旁觀着他人的衰老。你說如果這是上天賞賜你何以把賞賜當作罪行來說呢，況且你打開過我的心嗎難保它也不堪擠壓褶皺處處。但我說的不是心不是精神而是暴露於天地間的一張面容。你說好的我面上的風霜不及你深我且靜心聽你說。我說面孔其實不僅會自我摺疊，其實也會摺合在另一人的面上。於是我說到母親。我把你的手帶到面頰兩旁。

四、母親

直至年輪出現在我母親的臉上，我開始明白這叫做歲月的消磨。離世的外婆消失許多年後，好像返魂一樣，竟將摺皺的勞作延續到我母臉上，母親竟然跟外婆的面容摺合起來，彷彿有點相像了。小時候人們說母親的外貌酷似外婆，就像「餅印」一般，我看來看去不明白，原來是遲來了幾十年。

母親說，她又聽到骨頭在身體內打鼓。頸椎的肌肉又硬了一塊。就在吸氣與呼氣之間，肝臟有那麼一小片被纖維化了。軟骨磨蝕，膝蓋如枯藤般不堪碰撞而曲折。外邊濕度百分之九十，身體之內卻長年旱季。一個人愈活愈退縮，縮至後來以身體房間作牢房，與外邊世界再無相干。

殘忍靜悄悄地爬到臉上，暴露成一條條綻裂的蚯蚓，它再不是與己無干，長在他人身上的樹的年輪。人們稱那些蚯蚓為皺紋。皺紋在不同部位又有不同稱謂，如眼角的叫「魚尾紋」，顴骨兩邊的叫「虎紋」，真是形象化得可以。虎紋愈深是否城府愈深，這兩者原應是沒什麼關係的，這純粹是歲月的問題。總是會有一個地方先失陷的。母親不愛笑，最先失陷的地方卻是嘴巴。沒表情的人有了表情紋。虎紋綻裂，如老虎的觸鬚在顴骨兩邊散開，直刺進嘴巴兩邊。跟外婆不同，外婆的蝙蝠皮於我好像自有永有，但母親，卻是經歷一場大病，整張面孔忽然就衰敗下來，衰敗得那麼徹底，幾乎可以肯定，無法復原。

光滑如溜的表層盛不着東西，有了凹坑，有了裂縫，如果住不進一隻動物，應該可以填塞進許多灰塵。

你與我到醫院探望母親，母親說：「老了，不中用」，說時竟然抿嘴一笑，嘴紋就在這刻綻裂眼前，說是老虎的觸鬚，其實也像一個蜘蛛網結，剛好與你的視線交碰，我意識到你作勢轉身倒水，把臉移開。我明白，你不是不想看我母的臉，你是不欲看見，生命的殘忍。身體的變異是驚心動魄的。但那麼靜謐，如果你不想看，你可以別過臉來。大概在那一年，病房的氣味蝕進我的皮膚之中，久久不能消散，而你，是否始終有着天生的免疫力？免疫力是否得力於對生命的一種不感症？

5・眼角

你說由面頰走到病房，這距離於你太遠了。可以避開就避開吧。但我不許你把手縮回。你的手仍停棲在我的面頰上。我問你覺得怎樣？你說仍有少女時的兩片紅暈。只消沒說「殘留」，我看這是一種仁慈，雖然對於你對殘酷的不敢直視，有時也有幾分厭惡。

我摸摸自己的眼袋，又活過一天不知它又重了多少下垂了多少，哪怕是肉眼所不能見的纖毫微末，日子有功它應該慢慢都會變成臉上兩個背囊。興許你覺得這比喻有趣，你問：攜帶着什麼？攜帶着生之重載生之滄桑，我說。人們稱這兩個背囊為眼袋。唯一掩飾它的方法是，給它罩上一副墨鏡。最近我出門也習慣戴上墨鏡。墨鏡不再用來遮擋陽光，而是用來遮掩眼紋，光線暗下來，眼睛的衰頹我不準備展示。我看不清世界世界也看不清我。這樣說來，我也許其實也是一個逃避主義者。

但我不想你逃，我把你的手再往上挪移一點，帶到我的眼角。至於場景，如果嫌墳場太冷病房太灰，就留在我們的睡房吧，這裏有柔和的燈光，雖然我並非不知道，你有時也難免把它看作生活的牢房，暗自想逃竄出去，一下子，就當是放風。外邊有許多明媚的春光，我知道。

六、我

總是會有一個地方先失陷的。我的眼角也出現了疲態，跟外婆、母親所不同的是，我總是頑強的，作戰到底，仍未放棄給面孔灌溉，不到最後一刻不向生命的沙漠化投降。你在旁觀看多時，也曾不解溫柔的說：以人造的護膚霜對抗生命的風霜，終究也是徒勞一場。我說你懂得欣賞薛西弗斯推石頭上山何解就不懂得欣賞塵世的荒謬。就這麼一次，最後一次，我把臨睡前的梳妝當作一道神聖儀式，認真地給你展示。但願你明白，最世俗的東西都有它的一份莊嚴。

是的，我每晚臨睡前都會給臉部塗上防皺霜——你曾經覺得用在我身上是無謂的奢侈品，但歲月不動聲色，如今我也得承認，它們都慢慢變成生活的必需品了。防皺霜防不了什麼，極其量不過把必至之物推遲，一如我們以推遲策略對待很多生命問題，我們常常所做着的。如每天睜開眼睛，以為一步之遙的死亡遠在天邊，其實跟我們擦肩而過已好幾趟了。

「我們的眼睛是最容易出賣自己的。」我說，說時把防皺霜塗在眼角上，兩手分別合起中指和無名指圍着眼圈打轉，左手順時針，右手逆時針，左右眼眶就此變作兩個逆向行走的時鐘，互相對抗或對峙。

眼霜當然是一定要塗的。臨睡前我還敷了最新出品的水溶面霜，廣告說是以溫泉礦物提煉，內藏絲柔鎖水因子，即使睡着了，也可二十四小時保濕。我其實並不真正相信廣告，我只是需要一點生命的慰藉。如果它不是那麼廉價，我就不會那麼容易取得。你難道以為我可上天下地尋找武俠小說中的天山雪蓮嗎？你不明白，當我從母親的面容看到外婆，我知道，母親的面容遲早也會摺疊在我的臉上，而且離此日也不遠了。這於我是多麼可怕的一回事。你不明白，你不明白，人們都說你不懂得老，你是潘彼得，人們都說我們愈來愈似兩姊弟了。

睡着也可保濕，你也曾說我有一雙水靈的眼睛。但當水靈的眼睛變成兩口枯井，你還會喜歡她嗎？到底你喜歡的是我的靈魂還是我的軀殼？是整個的我還是昔日的我？我苦苦追問，我終於看到你，低頭懊惱，若有所思。眉宇間乍現一道淡淡的波紋，這是真真實實的，皺眉頭。

7．額頭

你對青春總是念念不忘。因此我與你，雙人床上，一個睡在左邊，一個睡在右邊，中間永遠隔着一道恆河。我說你愈來愈少靜看我的面容，你心裏清楚，我沒說錯。你目光斜視，你不想看到皺紋。你惦念着青春的女子，醒來，另一個我卻睡在身邊，仍慵懶着，魚尾紋靜悄悄地爬到眼角，你不敢告訴我。你別過臉去，不欲看見，生命的殘忍。於是我唯有，把手再向上挪移，這回不是你的手而是我的手，不在我的臉上而是蓋在你的額頭。我適時給你遮上一面鏡子。鏡中的你眉頭深鎖着，有火車劃過，聽真，那其實是窗外的隆隆地車。你鬆開眉頭，聲音就不見了。

八、你

總是會有一個地方先失陷的，我一早告訴過你。可能是頸脖，可能是兩頰，可能是眼角。什麼地方在你面孔先出現裂紋，我曾經等待着謎底在你臉上揭曉，差點耐不着性子。結果原來在額頭，男性特別致命的地方。人們稱額上的皺紋為「火車軌」，別名「思忖紋」，這也許真是與思忖得多有關的；裏頭必然少不了我的播種。

你的面孔仍是騙得人的，但額頭已出現敗退跡象。三條火車軌印刻在你額上，從此，你的頭顱不時會響起火車聲，火車的蒸氣，也許會透過面孔的孔洞排出，名叫怨氣。我的外婆我的母親以及我一早已給你預演了生命，我一直摺一直摺終於把淡淡的皺紋對摺在你的臉上，這是我有生以來做過的最艱辛最偉大的勞作。從此你不可再說無所感了。

開始總是不動聲色的。當你自覺微老的時候，便開始老了，繼而老去。由微老到老了到老去，不動聲色的，也許根本互相摺疊，一個全然不受你控制的加速過程。

額頭只是開端，它的面積將隨同髮線的後移而不斷擴大，直至一天，一覺醒來，你將掉落一地頭髮。是的，身體的萎謝，沒理由不留下一絲剝落物的。如果這天臨到，我答應你，我會悉心打掃，從你身上掉下的黃葉。我甚至會挑選一些，與我的黑髮白髮盤纏，編作髮結。這理應是一對情侶最美妙的紀念。

殘忍在鏡子中乍現，我自己也愈來愈怕照鏡子了。當年那個喜歡照鏡子，想着「劉海好呢還是露額好呢孖辮好呢還是馬尾好呢？」的那個少女已經遠去了。她寄居在我體內但漸漸已跟我全然無關了。

「劉海好呢還是露額好呢孖辮好呢還是馬尾好呢？」我確曾這樣問你，在青葱歲月。你記否當時怎樣回答我嗎？你說：「什麼都好。」我鼓起泡腮，以為你敷衍了事，你連忙解釋說，「什麼都好真是什麼都好。所有東西都是美好的。劉海好露額好孖辮好馬尾好長髮好短髮也好我愛你的千嬌百態你好我好什麼都好。」如斯景象確曾在二十年前發生，如今回想，是否有點恍若置身夢境？

「劉海好呢還是露額好呢孖辮好呢還是馬尾好呢？」如果今天我再問你，我猜你的答案仍會是：「什麼都好。」只是同一句話，走過歲月，意思卻不大相同了。沒所謂啦，什麼都好，什麼都不好。沒所謂啦。這有時甚至成為你的口頭禪。

只是我很清楚，現實生活中，我是不會再這樣問你了。我心裏清楚，孖辮、馬尾、劉海是早已經甩掉了我也甩掉了時代。可幸的是，等了那麼些年，當年那個喜歡照鏡子，初次給頭髮分界，想着三七好呢四六好呢還是中間不分好呢的那個少年亦已經不在。我們終於可以稍稍打平了。

如果面孔是一疊岩層，歲月的重擔專挑幾個地方擠壓，填上摺痕如渾然天成的波紋，只是岩石皺褶人們當作奇觀，可爬在臉上，又多少令人心慌。我一直耐心等待你的微老，如巫婆日夜默唸，練着把皺紋對摺在你面上的魔法。誰叫你這麼乖乖聽話不中途打斷我，容許我把故事說到盡頭。難道你不知道咒語就是由故事煉成？由外婆到母親到我，由墳場到病房到睡房，這個故事已經說了很久，比一千零一夜熬得更長。當皺紋終於爬到你的臉上這樣我們也許可以比較看齊可以靠近一點也許你會更明白何謂愛。可以緩緩地看着並承受着互相衰老，這應該也是愛的考驗。昨天的我已經遠去昨天的你已經消逝，用記憶保鮮下來的一個是假的，那是一張時光定格；眼睜睜看着面部皺紋如藤蔓滋生的一個是真的，那是一段漸變的錄像。

我撫摸着你的額頭，重拾了一點我們之間久違了的親密。如果醒來我變身巫婆，請你明白，這原不是我的想望。

（刊於《香港文學》2011 年 1 月。收於《靜人活物》）

文學詞條

#面孔

潘國靈一定也是着迷於面孔的。以面孔為題，《失落園》中有一篇〈面孔〉，小說寫一個孩子因中秋節「煲蠟」發生意外而遭毀容，日後的成長故事。十多年後寫成的〈面孔的皺褶〉，沒有意外沒有毀容，只是悄然無聲的失陷，歲月之必然，情節尋常得多，將一摺一摺的皮膚與皺紋寫得令人驚心動魄，想像力奇詭，手法新奇，結構即是內容。全篇不過是一個動作，女子觸着情人的手，從脖子一直撫摸至面頰、眼角、額頭，卻時空跳接至墳墓、病房、房間等不同場景，面孔的皺褶橫跨三代，撫摸的動作伴着女子絮絮不休自語，呢喃般的傾訴如唸咒，最後接到對方身上，完成了一趟面孔之旅，也是一次面孔的謎樣摺疊——指向的，就是衰微。

做不到一顆星，或者可以做一顆微塵。
星也有喑啞的時候，而微塵偶爾飛舞。
起碼墜落無聲，不會驚嚇。
我的左臉比我的右臉老得快，
這樣我就成了一個分裂的人。
一個年輕，一個衰老，
互相對話或對峙，
而潘彼得慢慢慢慢還是會變成浮士德的。
我身體的零件一分一分的朽壞，
從外表你未必看得出來。
過程非常沉靜，我不喧嘩，
優雅是我僅可保有的尊嚴。

——〈身體微塵〉，《無有紀年》

悲喜劇場

一、Amuse is Not a Muse

也許艾繆斯的父親希望女兒笑口常開、歡歡喜喜，也許笑聲有時是無須經過大腦的，在女兒出生一刻，艾繆斯父親艾力山，很快就為女兒起了一個名字，叫笑喜。小女孩逐漸長大，不大喜歡笑，並且開始知道自己的中文名字笑喜有點兒俗，於是就給自己起了一個英文名字，叫 Muse。不用多說，會給自己起一個如此希臘式名字的她，是一個徹頭徹尾的文藝少女。我即將要說的，不是艾繆斯的全部故事（這是不可能的），而只是她少女時期的一段成長故事。太多的文學故事告訴我們，十七歲——在成人門檻之前只差一步之遙的距離，是一個充滿謎樣的年齡。我也不避俗地將聚光燈照射在這個帶有光暈的數字，這光暈可是已經泛黃了的，因為艾繆斯的十七歲，已經是二十年前的事。但如果不是已經過了二十年，我也許就不會有述說它的想望，對此，普魯斯特永遠是對的：只有失落了的樂園，才是真正的樂園。

二、一對眼睛

艾繆斯是一個美麗女子，她個子頗高，為人沉默，有一份文靜的書卷氣。艾繆斯喜歡看書，對她鍾情之事，有一種誓死追隨的決心。她心意堅定、比別人更埋頭苦幹地做她喜歡的事，有一則童年軼事可說明這點：小時候，在複印技術沒今天那麼厲害而金錢還是非常匱乏的年頭，為了擁有一本自己心愛的書，她試過從圖書館把書借來，一筆一筆逐字逐句把書抄在一本簿上。這於她所居住的城市中是罕見的。她父親以為她低頭默默做功課，搖了搖頭，心想：都那麼勤力了，何解成績還是不怎麼標青。

跟她同年齡的少女大多目光游移、渙散，艾繆斯的眼睛總是對焦的，堅實的——如果她的眼睛是一個發熱體，應該會把許多書頁燒焦。那時候，專心仍是被看作美德的，中學日子，如果成績表曾有任何對她讚賞的話，就是「專心一致」。可她自己，覺得自己的唯一優點是有自知之明。她想，如果別人的多心是無能力專一，她的專一則是無能力多心。她曾說：「我的天賦不高，要做好一件事，我的意思是真的做到最好，一件事就夠耗盡我的心力了。」這性格或能力特質，在學習以外，後來也表現在情感之上——儘管她生得清秀，她並不特別吸引狂風浪蝶的目光，因為男與女的目光勾搭常常是以不明文的誘惑挑逗暗碼進行的，對此她不感興趣，她沒興趣誘惑人，也沒興趣被人凝望。如果她偶爾喜歡修飾，這只是為了自己。如果她需要別人的注視，一對，一對出於愛的眼睛便足夠了。

艾繆斯不是男子，但她有一個愛把她打扮成男孩子的父親。小時候，父親把她帶到上海老式髮店理髮，給她剪成一個童軍的平頭裝。他又給女兒買上男孩子的衣服，要她穿上。這種「裝扮行為」持續到她少女時候，後來可能他父親接受了自己確確鑿鑿沒有男孩這事實（在第二個孩子——的確是男的，也就是艾繆斯從沒見過的弟弟，沒出生前已在母親肚內小產致死之後），艾繆斯選擇衣服髮型的自由被剝奪十年之後，又重新被贖了回來。

這個時候，女孩子已經有一雙不太隆起的胸脯，一把頗為低沉的女子嗓音，如果加入合唱團，應該就是極佳的女中音。艾繆斯的父親放棄了把女兒裝扮成一個男孩，但她的學校並沒有放棄把她栽培成一個「男子」——不是身體上，而是頭腦上。如果以粗糙的左右腦思維二分，她生活的那個城市的教育制度，在腦袋上從來都是「左傾」的，也就是，特重邏輯、數理、分析、識字能力，而輕情感、藝術、直觀等能力，所以，艾繆斯在主流教育制度中並沒有得到特別的賞賜（也許就是從這時起，她必須調節自己不在乎別人的目光）。相對於一些標準優材生，在學業成績上，艾繆斯只是一個中規中矩的學生。

但她比絕大多數學生優秀的地方在於，她非常清楚自己的愛與不愛。在同學全被困於該與不該的競技場上——也就是力之可及或力有不逮地通過成人給他們預備好的權力預演測檢時，她非常堅定地棄場了。她不打算考入大學，卻投考了當時由某大電視台首辦的編劇訓練班。在她身上，自出生開始，名字、性別、學校，不少東西看似都有點錯位，唯獨這個決定，她認為是順心的，因為除了編故事，她想不到自己還有什麼東西勝任或喜歡。

是的，順心、依隨己願，因為艾繆斯的確喜歡閱讀、寫作。又一次，專心一致，除了因為喜愛，你也可以說，因為她選擇不多。在眾多科目中，她曾經被老師稱許的，也就只有中文作文了。同學按本子辦事，她卻是把作文當成自己的創作看待，有時從不知什麼課餘小說學來一些手法、構思，把它們化進作文中，雖然不一定得到分數的獎賞，卻必然得到中文老師的另眼相看。是的，整段中學生涯，唯一給她稱讚及鼓勵的，就只有那個中文老師了。又一次，如果需要注視，一對，一對出於愛的眼睛便足夠了。寫作，撐起了艾繆斯在其他方面不算太閃亮的生命。

三、角色扮演

在資訊渠道的有限接收下，電視台編劇班成了她唯一的希望，也就是，她在漆黑天空中定睛看着的唯一亮星。第一屆編劇班競爭相當激烈，激烈程度不下於投考大學，千人報名最後只取錄二十人。報名時除一般資料外，還需呈交一篇作品。艾繆斯從美國小說家歐亨利的一個短篇小說中取得靈感，把它改寫成一篇屬於自己的小說。她成功獲得面試機會。

專心一致，有時是一種天賦，有時也是形勢所迫：別無他選。艾繆斯非常清楚，如果她不能成功投考編劇班，以一個中學生資歷出來社會做事，等着她走的路，就只有當女售貨員、女侍應生、女秘書，日復一日她將成為千萬人海中模糊的一張臉，日出而作，日入而息，重複着影印機般的生活。她害怕極了。她知道，編劇班面試這一役，她是許勝不許敗了。

走入面試室，結果，望着她的眼睛不止一對，是八對，而且全部都是男性的。十六隻眼睛盯着一個還差幾個月才成年的少女。這些眼睛不是中文老師的愛的眼睛，每一隻望着她那副稚嫩面孔的，都是來測量她的、評估她的、質問她的、為難她的，其中，不排除一些也是色迷迷的。那八個男人的座椅排成一個半圓，包圍着坐在圓心點上的她。

她忽然定下神來，她吸了一口深深的氣。由於許勝不許敗，由於別無他選，她馬上跟自己定了一個協約：這是一場角色扮演，這是一場角色扮演。不要做自己，要做一個令他們喜歡的人。

「妳有什麼好東西要我們取錄你？」

「我有創意，我有編故事的才能，你看我交來的那篇小說便知道了。」

（這不是她，這不是她，她一向是自疑的，不可能如此自信。）

「妳喜歡看什麼書？數一些出來聽聽。」

「我喜歡看的書，品類很駁雜，我對什麼都有興趣。如果說小說的話，由岑凱倫、亦舒、依達到魯迅、沈從文、張愛玲我都愛看；另外，外國翻譯小說我也有看，不瞞你們，我那篇作品就是取材自歐亨利的一個短篇小說。」

（這不是她，這不是她，她一向是羞澀的，不可能如此多言。）

「這個我看得出，是歐亨利的〈最後一葉〉嘛。妳認為這樣抄襲別人也算創作嗎？」

「我認為抄襲跟取材是有分別的。太陽之下無新事，但很多不同的故事都來自太陽與月亮之下的變奏。再說，我看到很多貴台——我希望有天我有幸稱作敝台——的劇集，不時也取材自外國劇集、電影，由情節以至罐頭音樂不等。」

（這不是她，這不是她，她一向是平和的，不可能如此鋒利。）

「創作不是一個人閉門造車，編劇不是寫小說，你要跟很多人溝通、合作、度橋，你喜歡與人相處嗎？」

「我性格開朗，對很多事物都抱持開放態度，我喜歡跟人談話、相處；我年紀尚小，三人行必有我師。我不怕辛苦，我什麼東西都願意嘗試。」

好了，好了，我無須再說「這不是她」，「這不是她」。她從來不是一個虛偽的人，如果她這次面試那麼成功，關鍵在於她深深吸一口氣之後，她便立意在隨之而來的三十分鐘內，扮演一個不是自己的角色。是的，是扮演角色，把那八個男人跟一個女子的答問，當成一個即興劇本來創作。在面試房中進行的是一場戲中戲，只是碰巧她是一名角色，不，是一名主角。當她把所有東西，在深呼吸後來一個向舞台轉化的念頭，一切竟來得如此順利。這口氣剛好為她注入足可維持三十分鐘的氧氣度。十七年以來，她從來沒像那天如此笑意盈盈，她不知道擠出的笑容會否有點生硬，但她知道，笑容總是討好的，尤其出於一個少女的面龐。男人們很滿意這個女子的表現，有些也不在乎發問了，互相在談着與面試不相干的話，一些則離開那個座椅的半圓，自顧自地在房中踱步、喝咖啡。「好了，你可以走了，回家等我們的好消息吧。」直到踏出房門，踏出電視台的大門，艾繆斯才忽然整個人軟塌下來，像舞台劇演員在謝幕卸妝後忽然虛脫下來，卻又不是沒有虛脫下來的快感。

艾繆斯沒有作假，與作假無關，她其實只是非常着緊地去爭取自己要的東西，而在那場面試中，唯一腳踏實地的方法便是「入戲」。回想起來，這也許還要多得她父親在她小時候灌輸了幾年的「裝扮教育」。原來一個人要成為他人，不是她想像的那麼困難。只是她不知道，這個面試只是起跑線上的哨子聲，以後，在電視台儼如男人困獸鬥、肉搏場的日子，她每天要於自我與角色扮演中進進出出無限次。The show must go on，沒有謝幕的舞台。從八對眼睛看着她一個女子的時刻開始，連她自己還未知曉，她告別了只需一對眼睛關顧的年華。

她每度一個戲橋、每寫一場戲，首先得獲得編審的關顧，甚至監製的關顧，然後，又開始考慮到千千萬萬無形眼睛的反應，笑的位要令人笑，哭的位要令人哭。這是檢視她作品成功與否的壓倒性標準。無形的眼睛不僅躲在電視機之後，還在電視台的辦公室、化妝間、片廠之間，它們緊盯在一個乳臭未乾（與電視台簽合約時，由於未滿十八歲，她還得要請父親簽名）的女子背後，有些或許想幫她一把，有些只是等她不在意時，伸出腳來把她絆倒地上。當一些同學進入大學校園得以在溫室中延長幾年無憂生活之時，艾繆斯提早進入了成人的詭譎世界，一個召喚她把純真交出來以換取不知名目光的世界。還說不上什麼權力爭奪，不過是為了自保生存。從故事人生角度看，這未嘗不是可觀的。

四、笑的命令

編劇入門法則：故事要在情理之內、意料之外。真實人生可能比編劇更無章法。

不喜歡笑的艾繆斯被安排參寫一個長壽綜藝節目的笑話。每天編審給她的一個指定訓練是，回到公司給他講一則笑話。她一再記起面試時堆砌於臉上的笑容，因為自覺，她永遠都記得。她一再記起父親在她年幼時給她（打扮成「他」）拍照時的叮囑（有時近乎命令）：

「笑!笑!笑!」「笑聲救地球」——電視台的劇集名稱。「笑一笑,世界更美妙!」——電視台的廣告歌。那個長壽綜藝節目的台柱,便是一位以笑聲響亮見稱的「肥姐」。她聽說人類身體有一個笑穴(在武俠小說中常常讀到),卻從沒聽過有「喊穴」的說法。她知道有一種新興劇場叫「棟篤笑」,但「棟篤喊」則肯定沒有市場。希臘悲劇在這個城市沒有市場,它們太沉重了,人們只想把笑話當作即沖的安慰劑、興奮劑,而不是可供反芻的思考食糧。她喜歡看喜劇泰斗差利卓別靈的電影,但貧窮、異化、流浪漢、資本主義罪惡這些題材,對電視機前的觀眾是太深奧了。以她的編審的話說:「讓觀眾們笑爆肚、笑甩肺、笑到腦癡呆、笑到上天堂,那你便成功了。」

她每天與同事一起「度Gag」。編劇們很多都是口沫橫飛的人,「sell橋」時七情上面手舞足蹈可以爬在地上跳到桌上,把空洞的話毫無間斷地串成滾滾長江滔滔黃河。她沒有這個本領。那次面試只是三十分鐘的反常,一旦三十分鐘段落日復日地以倍數重複,本性生澀的「她」把角色扮演的「她」壓下來,她經常在眾人面前表現出一種無力感,那幾乎與沉默等同。一次編審在開會時便不留情面地叱喝她:「你是不是啞的?」這一次,她真的笑不出來。但也不能哭，哭是加倍軟弱的表現，要哭的話，只能關在廁格內哭。

同事之間的相處，常常也是綜藝笑聲劇場的延伸。沒有人會認真地跟你說話。過分認真被看作不合時宜。同事之間最常說的口頭禪是：「超低能，勁搞笑！」（「超高智，勁搞喊！」倒是沒有聽過。）同事之間總是嬉笑怒罵、說着「無厘頭」話，所有人都掛着一副笑臉上班，不用到化妝間這個「粉底」已自行地打上了。初出茅廬的她混在其中，分不清哪些笑臉是真笑是傻笑是苦笑是冷笑是竊笑是笑中有淚是笑裏藏刀。

「笑！笑！笑！」艾繆斯沒有想到，即使在離開家庭的辦公室，父親的身影竟然在編審身上重疊了。

五、悲劇的不可能

「最大的悲劇是，悲劇在我們的世界已經成為不可能。」艾繆斯在自己的創作記事本中，有感而發地寫下了這段話。在艾繆斯每天出入的電視台裏，悲劇沒有位置，尤其在一個以製造歡樂的長壽綜藝節目中。這個綜藝節目的長壽，已經打入了世界紀錄大全；每晚節目完結時，一眾演員一字排開唱晚安歌：「歡樂今宵，再會，各位觀眾，晚安！」沒有人希望帶着苦痛入眠，一曲唱罷，夜幕已深，人們停止一切日間作息辛勞。繼之而來的是：「現在已經夜深，請將音量收細。」明天？明天張開眼睛，又是「新」的一天。

翌日，艾繆斯又拖着沉重的腳步回到辦公室，準備向編審交出一則笑話，某些笑話得以通過成為綜藝節目的部分，更多則是隨着編審冷冷一笑：「哼，真好笑，這也算是笑話嗎？」而石沉大海。每日例行的笑話訓練，何嘗不是每天等着她滾上山巔的一塊石頭？但艾繆斯並不氣餒，如果這是石頭，難道這不是她自己挑選的嗎？難道這不是她對主流大眾的輕蔑而甘願接受的懲罰嗎？

「你是不是啞的？」，這句話艾繆斯一直記得。總會有一些人，在你一生中，有意或無意地說了一句難聽的話，這句話一旦吐出來就扎在你心坎中，成了一根永遠拔除不去的刺。

艾繆斯並非一個記仇的人，這句話其實也不算得怎樣歹毒（更難聽的話這個編審已經向很多人說過，相對來說他已算是「愛護小花」了），如果記得，只是它準繩地，刺中了自尊的脆弱地帶。在眾目睽睽之下，自尊心的受創尤其容易達到效果。

被罵以這句話時，艾繆斯沒有馬上打破緘默，相反，她把下唇咬得更緊了，咬得那麼緊，你真的害怕再這樣下去嘴唇便會咬出血來。是的，如果每個人都有一副代表她的神情的話，屬於艾繆斯的，便是咬着下唇，一言不發，倔強得叫人生敬又生畏。這個倔強的神情，常常表現於在她生氣、受苦，或專心一致做着眼前工作的時候。專心一致的時候，眼神定睛於一點，飽含力量，這是她最懾人又最美麗的時候。

小妮子在默默觀察不同的編劇。她暗自得出一個結論，基本上成功的編劇只有兩種，一種是反應極快（俗詞說：「轉數快」），度橋時一張嘴說得天花亂墜所向披靡欲罷不能；一種則是二話不說，你給他某個分場，他總有本事把它寫得出色叫你心服口服。憑着艾繆斯對自己的認識，她很快得出一個結論：她沒有如簧之舌，她不準備改變自己，但她希望（也是別無他選，非如此不可）做到備受尊重的第二種編劇。

如果強項不在嘴巴，就適當地沉默，這其實也是一個必然選擇。她希望盡量做到以文字服人。為此她甚至曾經私下做過一個實驗，某天她喉嚨有點不適，一時想到不如把心一橫乾脆扮作嚴重失聲，她開口喊不出話，只把自己當日負責的文字對白寫下來，遞交給編審。編審接過，也沒多言。原來，在這個喧嘩世界，不發聲也是可以的。自此，「你是不是啞的？」這句話有了不一樣的意義，從一句別人投擲身上的罵語，變成一個自我定位的活法。

是的，那時候，電視台一個被譽為「金牌編劇」的韋先生，便是第二種「沉默型」，他的話甚至比艾繆斯更少，在眾人度橋時他通常一言不發（當然他可以這樣做也因為他已建立了某個地位），他只在某些關頭才出口發言，把四濺的口水花一網打盡打撈起來，或者在散會之前一錘定音來個結案陳詞。這種四両撥千斤的本領，曾經叫艾繆斯暗自嘖嘖稱奇。

某次，一個四十來歲的電視台助理製作總監，就有意無意向艾繆斯說：「阿女，二十年前，一個王導演也曾經向韋先生說：『你是不是啞的？』這時，編劇還只是初出茅廬的小子，跟你現在差不多年紀，頂多大你幾年；二十年後，那個王導演都銷聲匿跡、無人記得了；而這個韋先生，則成了我們的『金牌編劇』。電視台有很多規則，唯獨他一個，可以go against the rules。」

艾繆斯不知道這個助理製作總監怎麼要跟她說這番話。可能是她的母性發作了（她喜歡叫年輕的女同事為「阿女」），可能是電視台的染缸中畢竟仍有好心人，也可能是，話中有話——「唯獨他一個可以」，即是說，你要違反規則，尚未有資格。艾繆斯學會忖度人家口中吐出的話。但也不能排除，這個高層暗地有點欣賞艾繆斯，即使不是認為她有本錢作「金牌編劇」接班人，也真的看出艾繆斯別具潛質。又一次，只需一對，一對關顧她的眼睛，就夠她咬實牙關撐過去了。

六、木人巷

編劇的工作不僅跟人度橋、寫劇本，還要跟演員對稿。下午二時多，編劇便開始跟演員對稿，在後台的一條走廊上，演員之間進行彩排，這條走廊，在電視台中有「木人巷」之稱，由於節目每晚「出街」，由於是無花無假即時演出，十八般武藝樣樣皆能，木人巷上的人都身經百戰。即時記稿、即時改稿、臨場變陣，後台無論如何裙拉褲甩，來到台上，即時氣定神閒，即使偶有失誤，「蝦碌」也可變成笑料、「爆肚」變成即興演出，在即場上演的舞台上，沒有「NG」這一回事。

一些演員有時也擺架子的，尤其遇着艾繆斯這些乳臭未乾的女子，你跟他們對稿，要他們按劇本演出，遇着他們心情不好時，有時真會被罵個狗血淋頭。一次，一個大老倌就當面喝罵艾繆斯：「阿叔出來做戲時，你還在着開襠褲呀！」這句話其實沒什麼意思，無非是那種「我食鹽多過你食米」、以資歷來壓倒你的裝腔作勢，但由於老倌聲如洪鐘，所有在木人巷上的人都聽到這句話，一時間艾繆斯成了眾人的焦點，但也不過是一霎眼罷了，一霎眼後，人們又若然無事般回到自己的工作裏頭。換了是剛入行時，艾繆斯準會給這喝罵聲刺激得滿面通紅，說不定淚水還會不受控制地自眼角爬落，但到底是木人巷，一年抵得上幾歲，工作了一段日子的艾繆斯即使未練就金剛不壞之身，面皮倒也長厚了幾分，人也堅壯了，她一聲不響，以她極度專注的怒目回視，這股寒光，有時連大老倌也會感到震懾的。待寒光折射一番後，她才以她低沉的嗓子，不爭不辯，從剛才被打斷的地方開始做起。如果中學曾教曉她什麼，不過就是生物課本上那達爾文的「物競天擇，適者生存」的道理。有時要遇強愈強，有時要以柔制剛；有時硬功，有時軟功；有時惡，有時哄；有時回擊，有時忍氣；有時說道理，有時不。這後台的戲絕不下於台前，甚至有過之而無不及，因為台前只有笑聲，而後台，充滿了人性的七情六慾。

話雖如此，合作久了，大多數演員其實都是挺可愛的。偶爾大發脾氣，也是長期在壓力煲生活下的反彈。來到台上，大家都集中精神做好一台戲，雖有主次之分，但這是群戲，缺一不可；某程度上，這的確是一個「大家庭」。一天演一天清，個半小時後，舞台射燈一熄，踏出木人巷，不記仇，不記歡，不背負包袱，不帶走光彩，倒頭可以大睡，明天又是新的一天。

當然，在無休止的演出中，誰是真功夫，誰是空殼子，誰人上升，誰人下沉，大家都看在眼裏，心照不宣。姿態可以暫時把人壓下來，但長年累月，真正要讓人心服口服，還是要你的東西在行。艾繆斯的劇本對白寫得不差，慢慢也受到一點尊重；所謂「寧欺白鬚公，莫欺少年窮」，假以時日，這個編劇小姑娘，前途也許未可限量呢。

七、自修默劇課

而艾繆斯又的確有着比同齡人更強的專注。她應付基本工作之餘，常常到圖書館借劇本閱讀，開始大量借閱外國電影；電視台裏有一個藏量十分豐富的圖書館，她把它當成半個的家。在這裏，她開始比較有系統地鑽研喜劇的藝術，她從默片時代開始，沒有語言、純黑白的世界，更適切她的本性。又一次，與她不特別投緣的父親，一再在她身上暗暗發生作用。她父親是一個戲迷，小時候常拖着她的小手到電影院看戲，差利卓別靈的《摩登時代》、《城市之光》、《淘金記》等經典作品，她其實早已看過，但那時候她畢竟太過年幼，留在她腦海的，就只有名副其實電光幻影的零碎斷片。現在關在圖書館中重看舊片，她彷彿與自己的童年打照面，又彷彿全新地探索一片未知的世界。

差利卓別靈（1889-1977）外，她認識了更多默片喜劇重要人物的名字。譬如說，連差利都拜服得稱許為「老師」的麥克斯林戴（Max Linder, 1883-1925）、以「神經六」開朗形象見稱的哈樂勞埃德（Harold Lloyd, 1893-1971）、聲望可媲美差利的巴斯特基頓（Buster Keaton, 1895-1966）。這些喜劇大師拍過的影片，圖書館有的，都給艾繆斯翻出來，這時還不是現在經典電影輕易可從光碟或網絡取得的數碼年代；她借出一盒盒錄影帶，在錄影機上播放，某個片段她認為特別耐人尋味的，便記下時間刻度，倒回帶子一看再看。這個時候，包圍於漆黑之中，只有她一個觀眾，小女子眼神炯炯目光如豹，黑白光影如磁鐵般吸蝕着她專心一致的雙目，來到某些場口隨着喜劇帶動她發出會心微笑或者哈哈大笑，不止一次她笑着笑着甚至笑出淚來，淚水就滴在她在漆黑中轉動着筆頭的記事本上。

怎麼會笑出淚來？這真是神奇的化學作用。她在漆黑中思索、玩味，終於明白，笑聲和淚水，本來可以如斯接近。在《麥克斯的策略》（Max's Ruse）一片中，麥克斯林戴嘗試用各種方法自殺，他要男傭拿刀子、槍來給他，結果自殺都不成功。觀眾的笑聲，竟然就是來自一個人自殺不遂的荒誕處境。他的電影以中產階級生活為基礎，然而，他在電影中常常是痛苦難堪的，都是由社會情境造成的悲劇人物，譬如他穿着一雙令腳部痛楚的緊鞋，去參加一個高尚晚宴。別人的受挫，常常是人們的快樂泉源，荒誕性常常產生自物事的對比，譬如一雙緊束的鞋子，之於一個高尚的晚宴。艾繆斯在記事本上默默記下觀影心得。

從戲裏延伸至戲外，艾繆斯也閱讀了一些演員的傳記。差利的身世，已廣為人知了。他生於英國倫敦，雙親都是劇場裏的著名喜劇演員，從小父母離異，家境貧窮，五歲的他就得登台表演賺錢維生，十七歲那年加入了由 Fred Karno 主理的歌舞雜技團作巡迴演出，這為他後來的喜劇電影注入不少創作靈感。喜劇由淚水熬煉出來，差利是喜劇史中最活生生的例子。

當然還有巴斯特基頓。他身世之悲慘，也許比差利有過之而無不及。跟很多喜劇演員類同，巴斯特基頓自小也跟隨父母在歌舞雜技團表演，從小被稱為「不會被傷害的小孩」(The Little Boy Who Can't Be Damaged)。反諷的是，沒有一個名字比這個更具傷害性了。自五歲起，他的父親 Joe Keaton 就經常猛烈地、粗暴地在舞台上對待這個兒子，以逗觀眾發笑，娛樂他們。長年以來，他在粗暴父親的陰影下長大，其父是個酒鬼，不時對他施以虐待與辱罵，舞台下的悲慘生活，被搬到舞台上展現於眾人眼前。後台與前台的邊界變得模糊了。小基頓很早便深明，當他在受苦中表現得愈是誇張，觀眾便看得愈是高興。災難與笑料似乎從一開始已形影不離，舞台上的喜劇演員，與舞台下的觀眾，進行着一場受虐與集體施虐的不明文協約。

八、插科劇場

過了一段日子，編審們也開始認為這小妮子是可做之材，她獲得了一個發揮的機會。這機會是在單元喜劇的過場之間，為了補位給演員作準備及置換舞台，她負責填補一個「三分鐘」的空檔，名為「插科劇場」。編審說：「你自由發揮就可以了，串燒式的，只要舞台背景簡單，演員愈少愈好，最多只給你兩個。」

如果換了別人，這不能不說是「雞肋」，但艾繆斯有她自己的想法。她當下想，機會終於臨到了。只有三分鐘，情節鋪排幾乎是不可能的，對白甚至不是最重要的。她想到之前自修的默劇課，可以派上用場了。經典默片，很多笑位都是一擊即中的。可以向經典默片取經，像射擊般必須瞄準紅心的一點，不可偏差。她並且想（不知是否有點天真），如果做得好，說不定可把經典默片特有的悲劇氣質，暗暗地拐帶到這個把笑聲無限放大的「歡樂今宵」舞台。

艾繆斯一再發揮她面試時施展過的「改編」本領。一分鐘內，一個演員誇張地用盡各種方法自盡不果，用絲襪上吊絲襪裂開，開煤氣自殺煤氣中途關掉、服食安眠藥愈食愈眼光光……自殺處境因而成了連連的「蝦碌」劇場（拜那時候電視節目尺度還是比較寬鬆，觀眾投訴意識還沒提高）。重複性與災難性是喜劇其中二條千古不變的法則；觀眾隔着距離看着主角重複性地受災，這距離讓觀眾置身事外可以放聲大笑，而同時又可以讓他們代入角色產生憐憫或認同從而產生共鳴。

也不一定要去到殘酷的程度，喜劇在瞬間爆發，有些不過是無傷大雅的惡作劇，看着人家被整蠱，有點幸災樂禍的心情。「踩蕉皮」跣倒換成「踩銀紙」滑低，仍是有本事令現場觀眾發笑的。一隻哈巴狗踩着園丁在花園中澆水的軟管，水流停頓，園丁不解，對着噴嘴查看，這時，哈巴狗從軟管踏下來，園丁當頭給灑至一身濕透。這橋段改編自法國盧米埃兄弟一八九五年的 *Watering the Gardener*（相信是電影史上第一個喜劇片段），原來是一個園丁加一個小孩，現在小孩換了狗隻，演員少用「半個」，效果竟然更佳。

喜劇感也來自重複性的身體語言，內容於此甚至退居次位。差利那簽署式的跨鴨子步姿已成經典，艾繆思將之變化，由兩個女演員反串（貼上唇上的一小撮鬍子）同步地在舞台上模仿，仍有令人發笑的本領。艾繆斯在後台看着，想起自己小時候也曾模仿差利這荒誕步姿——最初是以身體語言對父親作出無聲對抗（既然你要我作一個男孩，我就作一個滑稽、誇張、扭曲，也就是你不會為之驕傲的一個男孩，到最後重複至你產生厭棄），後來卻自身成了趣味而成了她一段日子的慣性姿態。當她在電視台進出於實景與片廠、真人與道具之間，她父親在哪裏呢？他應該沒想到在家中的公仔箱背面，有一個虛實難辨的世界，在這世界中有一個處於稚嫩與成熟的女子，即她女兒，企圖以一支禿筆，把家中盯着電視機的無數父母逗得哈哈大笑吧。

喜劇感也來自意想不到的驚奇效果。差利卓別靈那釣魚卻釣出靴子的片段如今已成經典，沒有人在實際生活中釣過靴子，當時來說，也從來沒有人在銀幕上看過人釣靴子，這「天大的發現」把人們逗樂了。艾繆斯把「釣靴子」改動，變成一連串的「釣西瓜」、「釣電話」、「釣胸圍」等，竟然也發現人們一樣合作無間地哈哈大笑。一時之間，世界好像回到差利卓別靈那把黯然光照的默片喜劇年華。艾繆斯想不到的是，在現場觀眾以外，那刻她的父親碰巧真的在盯着電視機，看到胸圍自海邊被釣起時也發出哈哈大笑，以致笑得氣促起來，眼淚冒出，自顧自呶唧：「敢情是笑喜寫的，真是好笑！」經過這若許年，兩父女，終於因笑聲而連成一線。

九、敲打木筷子

默片時代的喜劇，由於不在乎演員的發聲，演員常常要以誇張的肢體動作與表情眼神，來演繹近乎鬧劇的荒謬情境。這種在早期普遍流行的喜劇類型，有一個名稱，叫「打鬧劇」(Slapstick Comedy)。Slapstick這名字可有故事，它取自傳統小丑演出中，為了博得觀眾掌聲，小丑敲打的那雙木筷子。來到電視媒界，那雙木筷子變作喜劇中不斷響起的背景人造笑聲。在電視台那個綜藝節目中，除了背景人造笑聲，那雙木筷子還加設了另一裝置：觀眾席間的「請鼓掌」燈箱，在某些製作人認為觀眾應該發笑的位置，那個燈箱便閃閃發亮，現場觀眾大多會適時合作，以茲鼓勵。艾繆斯的工作本來在節目「出街」時已完結，但她在「插科劇場」播出時特意留下來，為的就是默默觀察現場觀眾的反應。但笑聲連連，掌聲不絕，一時之間，哪些是機械性的回應，哪些是真正拍案叫絕的迴響，她當局者迷，竟也覺得不容易分辨。

凡事只有表象就無所謂悲劇，悲哀的意味總是乘隱喻的維度潛入。當下，在觀眾席環迴立體的笑聲包圍中，當艾繆斯盯着那隻從海邊釣起的靴子時，她忽然悟到，若把釣魚釣出靴子當作人生隱喻來看，笑聲背後其實是充滿悲哀的。這是期待的落空——希望（魚）與現實（靴子）的巨大差距，物事不由自主的轉喻，只是這凡人的悲哀，透過釣靴子的陌生化，變成一則喜劇。笑着看着，釣靴子的確是可笑出淚來的。因為有了生命的體味作底子，舞台上的悲哀便可以閃現於一剎。艾繆斯在現場看到觀眾哈哈大笑，笑聲甚至延續至「請鼓掌」的燈光熄滅之後，她確定這些笑聲不是「敲打木筷子」的反應，而真正是發自內心的。這一次，她首度嚐到勝利的滋味，自己也禁不住笑了，這喜悅中不是沒夾雜着眼淚的。

（刊於《香港文學》2012 年 1 月。收於《靜人活物》）

#人間劇場

《悲喜劇場》寫一個少女成長、在成年人的門檻前進入電視台成了編劇的故事；根據作者說，角色來自他身邊一個朋友，但如所有小說般，包括來自他個人自我素材的，所有角色進入小說幾乎都不可能是一對一由現實搬演而不經轉變、想像或虛構。作者在這篇小說中，安排少女編劇不單進入電視台這公仔箱或「大染缸」，初生之犢的她被安排進入有「木人巷」之稱的長壽綜藝節目當編劇，是這背場／場景讓作者將喜劇與悲劇的思考注入情節，看看二者落入這城中的可能或不可能。而如小說所寫，少女艾繆斯靜默地看着默片時代的喜劇，看着看着看出眼淚來，喜劇與悲劇貌似相反卻又一河之岸。作者喜歡希臘悲劇，除此之外，小說也寫入不少早期默片時代的喜劇和喜劇演員，帶入每天「不記仇，不記歡，不背負包袱，不帶走光彩」的個半小時綜藝節目（是的，這小說也為這長壽綜藝節目，眾所周知的《歡樂今宵》記下一筆）又可碰撞出什麼火花？而說到底，所謂「劇場」，又何止真的只在舞台或螢幕之上？此小說曾收入黎海華、馮偉才編的《香港短篇小說選 2010-2012》，編輯以父權社會來看這篇小說，此也可以是開放詮釋的角度之一。另根據作者自述，此小說本為作者構思的一個長篇章節，小說原構想以十二則古典對照命題（婚姻與獨身、屍體與身體、悲劇與喜劇、哲學與文學……），敘述二女一男橫跨二十年包含個人與社會變化的現代故事；最後此長篇「胎死腹中」，獨立發表成三個短篇小說，〈悲喜劇場〉原構想為〈喜劇與悲劇——一個少女編劇的畫像〉，與〈屍體與身體——一個少年醫學生的自畫像〉（收於《親密距離》）、〈婚姻與獨身——現代彼得潘的原初情結〉（收於《離》）並看，又或有另一種視角和趣味。

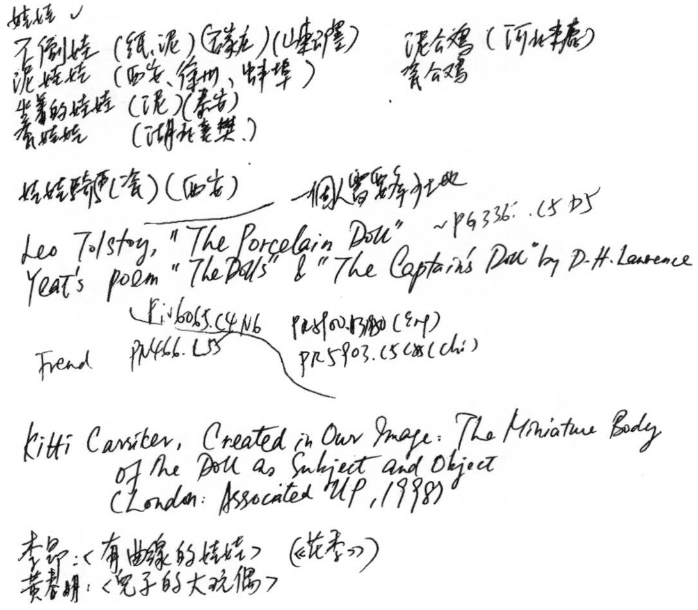
娃娃
泥娃娃（西安、徐州、蚌埠）
Leo Tolstoy, "The Porcelain Doll"
Yeat's poem "The Dolls" & "The Captain's Doll" by D. H. Lawrence
Freud
Kitti Carriker, Created in Our Image: The Miniature Body of the Doll as Subject and Object (London: Associated UP, 1998)
李昂：〈有曲線的娃娃〉（《花季》）
黃春明：〈兒子的大玩偶〉

潘國靈對物件的構思，其來有自。從手稿可見，娃娃是他早年開始關注題材之一，寫過〈病娃〉，後來踏過一遍滿洲里後，寫成〈俄羅斯套娃〉，拓展對娃娃的豐富想像，寫出一個穿透人心的故事。

俄羅斯套娃

夢從樺樹上跌下來。樺樹不再寄夢，它被劈了手腳枝椏，其中一些，用來製成了平價的俄羅斯套娃。我手上的一個身價有點不同，它可是用優質的椴木做成，從俄羅斯國境，穿越中俄國際鐵路列車而來，進入這個叫滿洲里的國度，落入這個恍如童話世界流光溢彩的套娃廣場。套娃廣場很大，中心立了一個高三十米的巨大套娃，三面分別繪上中、俄、蒙穿上各自民族服裝的美麗女子，周圍立了八個功能性套娃，外圍立了二百個代表世界各國和地區的小套娃，另有三十隻俄羅斯復活節彩蛋。我不準備對這個可列入健力士世界紀錄的套娃廣場多作描述，只要翻開旅遊書便可讀到它的資料。重要是我進入了八個功能性套娃的其中一個「肚腹」，給關作俄羅斯紀念品小賣部的，除了俄羅斯套娃還可以找到俄羅斯銀器、俄羅斯鐘錶、俄羅斯樹皮畫等，但讓我「一見鍾情」的，還是我手上這個俄羅斯套娃。對於「一見鍾情」這回事，我們也是無需多說的。

我把你接走了，並沒怎樣議價。我開口說話售貨員即辨出我的南方口音，不利於劈價，這樣也好，你的身價不至於被貶得太低。臨別時且瞥瞥這個你停居了不知多久的套娃廣場，於你儼如一個巨人國吧，大型套娃中竟然有列寧、史太林、赫魯曉夫和戈爾巴喬夫，不能不說是煞風景的；我以為套娃廣場理應只是一個「女兒國」，男人是泥做的，玷污了木香。

如果不打開，人們看到的，就永遠只是你的表層，大部分你的同類，表層與內裏是極其相似的，分別只是肉身的大小。你之不同在於你和你體內每個分身都形貌有異，給你賜予生命的工匠，悉心給你和你體內每個分身，畫上不同的裝扮和故事，面容則幾乎一樣，如孿生姊妹般。因此，有時我說「你」有時我說「你們」，我把你的上下半身掰開，一個，兩個，三個，四個，五個，六個，七個，一字排開從高到矮連成一條弧線，好像可以在上面撥奏音符。「七」，這個數字我喜歡；如果一層軀殼是一層天空，你自身就成一個「七重天」了。

你有一個原名叫「瑪特羅什卡」，來自你的出生地俄國，俄文我不認識，且讓我統稱你們為「七姊妹」吧。把你們說成「姊妹」可不是我的胡來。你的面孔是一個標緻的俄羅斯女孩，頭戴俄羅斯帽子，身穿一襲薩拉凡連衣裙，上面飾有華麗的碎花圖案。更吸引我的是你肚腹內畫了一個圓圈，圓圈內畫了一個傳說，其實就是你的身世故事的其中一個版本——話說俄羅斯鄉村有一對兄妹，父母早亡，相依為命；一個冬天，妹妹瑪特羅什卡在暴風雪中消失了，哥哥傷心不已，便用當地木頭做了一個女娃娃，並畫上妹妹的美麗面容；他想到妹妹會每年長大，便每年製作一個木娃娃，一個比一個大，一個套進一個，好比他看着妹妹成長，兄妹永不分離。

是這思念故事把我吸引住了，「一見鍾情」其實也是可解釋的。比起其他套娃身上的故事，諸如東方三博士、馬槽裏的新生嬰孩，或者滿洲里五代國門之類，這思念故事更能牽動我的情緒，而且畫工也着實精細，絕非一般的粗糙貨色。

二

看了一場俄羅斯歌舞表演連自助晚餐後，我把你帶到一座鮮橙色有金色圓穹頂的建築物裏：一座名叫友誼但友誼在此地注定難以長存的友誼賓館。房間號碼820，一人房間。我把你放在靠牆桌上，牆身鑲了一塊鏡子。我又把你掰開來，念及你的「二妹」在漆黑中也囚得久了，是時候給她放放風。

如果沒有一雙手把你的外壁打開，你看到的永遠只有一片漆黑。那漆黑如一張氈子把你覆裹着，跟你有着一樣的輪廓線條，只是比你大了一個碼子。在你被囚於漆黑的時候，你身外的那張掛氈，會把雙目所見的外邊世界向你體內傳音嗎？像剛才那場俄羅斯歌舞表演，舞者穿起俄羅斯民族服裝，雙手撩動裙襬雙腳踩着高跟舞鞋在台上踢跳扭動，其中的熱鬧場面，你是否感受得到？她們穿的民族服裝跟你身上的可不一樣，舞者穿的是火辣的紅舞衣，你身上穿的連衣裙卻以高貴的天藍色為主調，襯以素白，這顏色搭配我極其喜歡。我其實不特別懂得俄羅斯歌舞，只任憑腳步在步行街上挪移，經過一處叫「國際廣場」的地方時，瞥見門前屏幕閃亮着「為您打造『宴』與『舞』的完美享受」，肚子跟你一樣在搖動時發起鼕鼕的響聲，便進去了。

說是「國際廣場」，其實是一個大型宴會廳，宴會廳內放置了幾十張大圓飯桌，都鋪了紅布，椅套則是黃色的；宴會廳一面放置了自助晚餐的盛菜盤子，另一面是一個舞台，一班俄羅斯女子在台上載歌載舞，顧客在飯桌上一邊享受中俄蒙三地美食，一邊欣賞俄羅斯民族文化風情。

你的「大姊」以眼目接收世界，人們也以眼目來接收她。大部分時候，她充當着你們的面孔。當你被她覆裹時，你看不到東西，但椴木薄身，只要有空氣，聲音還是可以穿透的。尤其你們是空心的，空氣份子在你們體內震動，在不同層界上會震出幾重的聲音迴盪來嗎？如果你看不到舞蹈，應該可以聽見歌聲。剛才的俄羅斯民歌，來自你家鄉的，聽進你的耳朵，會勾起你的鄉愁嗎？我來自異鄉，又聽不懂俄語，奇怪那些《三套車》、《山楂樹》、《莫斯科郊外的晚上》旋律，我竟不感陌生，好像已聽過千回百遍，那手風琴樂音輕易把人拐回昔日純美的消逝歲月，或者是我自己不曾離開。

自助餐盤子間也放了不少俄羅斯套娃，都以鮮艷的紅色為主。說是「俄國風情演出」，不料俄羅斯歌者最後獻唱了一曲鄧麗君的《月亮代表我的心》，以不純正的普通話唱出，入鄉隨俗，卻又添一份異國情調。觀眾拍掌歡呼，但也只是一瞬間，跟着又杯盤狼藉，刀叉在桌上哐啷哐啷的響起來。如此聲音，聽進你的耳裏是共震還是耳鳴？完場時七個俄羅斯歌舞者一字排開，給台下觀眾獻禮，有食客擁上前去與她們一起合照。也許隨便添飲的自釀啤酒也喝多了，一時之間，醉眼昏花，我也錯把台上的歌舞者當成俄羅斯套娃。

三、四、五

一個家庭的兄弟姊妹中，最大和最小的通常都是最受寵幸的，中間的往往乏人關顧。三、四、五，難免扮演最大和最小者的過度。但你們也並非沒有角色。

原來那思念妹妹的哥哥是一個牧羊人，在「三妹」的肚腹圓圈內，畫了哥哥在草原中放羊。「美麗的草原我的家／風吹綠草遍地花」，我想到前天未來到滿洲里前，在海拉爾參觀巴爾虎蒙古部落時，旅遊車上有人唱到。那草原叫呼倫貝爾草原，據說是中國最北、最大、最美的草原。下車即有姑娘遞上下馬酒，為表尊重，我也沾沾唇邊。進村後姑娘把我們帶到一堆石塊前，石塊疊起成一個小丘陵，上插樹枝、柳條，原來這是敖包祭祀區。敖包，蒙古語裏是「堆子」、「鼓包」的意思，最初由趕車人用石塊堆起作為道路及界域的標誌，後來演變成祭祀山神，上面插着的枝條則稱為「蘇德」，象徵成吉思汗和忽必烈用過的刀槍。我沒宗教信仰，但入鄉隨俗，我也跟着大夥兒圍繞着敖包順時針走了三圈，心中默念一個願望，好像是空的。有人繞罷圈子唱起《敖包相會》，又誇讚剛才在旅遊巴上播放的《成吉思汗》真好看。

想不到那敖包出現在你的肚皮上，解到第四個時，肚圈內的畫換成內蒙古背景。不是說那哥哥在俄羅斯鄉村生活嗎，怎麼會來到呼倫貝爾趕牛羊？嗯，中俄接壤，也許界河也不難跨越。那呼倫貝爾大草原，蒙古族的發祥地，一代天驕成吉思汗的故鄉，如今成了一個民族旅遊度假村，上有蒙古包宿舍、射擊場、篝火場、馴馬場。團友還騎起馬來，一人一馬馬夫在身後保護。馬兒在沙地上小跑，馬夫嚷我唱歌，我生性靦腆沒開腔，他就放聲高歌起來，「敕勒川，陰山下，天似穹廬，籠蓋四野。天蒼蒼，野茫茫，風吹草低見牛羊」。如果那哥哥來到今天，他也會是一個給旅者策馬唱歌的馬夫嗎？如果他成了馬夫，妹妹會否就是給旅者遞上下馬酒的姑娘？

如一個人愈往內裏探進便愈幽微，解到第五個時，「五妹」的長相雖然跟「姊姊」相近，神情卻好像更陰鬱似的，也許距離外邊的太陽畢竟又隔了幾重。「天似穹廬，籠蓋四野」，身外四層厚的掛氈天空可不再是單薄的。我見猶憐的瑪特羅什卡好像也賭起氣來，「五妹」不錯仍是大大的眼睛，長長的睫毛，但眉頭卻深深閉鎖，也許她等哥哥來營救打開她，也等得太久了。也許她在妒忌她的大姊，可以時刻看到外面的花花世界，但大姊自有大姊的難處，出於坦誠或是安慰，她向五妹道：「我有時也羨慕你可以躲起來，我卻沒有隱藏的權利。」人尚且會自言自語，套娃會玩腹語術，自是不用驚奇。

六

如果「五妹」憂愁，「六妹」卻是生性自疑了。姊妹大小各異，但都為圓柱形，底部平坦可以直立，解到第六個時，才發現她底部硌着一木節，非常細小，卻令她站立不穩，買的時候我並沒有發覺。站立不穩，因此自疑。譬如說，她會問五姊：我真是椴木做的嗎？她會問四姊：會否其實是樺木呢？她會問三姊：哥哥真是掛念我嗎？她會問二姊：真有一個哥哥嗎？她會問大姊：我們會不會其實是：中國製造？不然的話，我怎麼會聽得懂：月亮代表我的心？

姊姊們：你們還聽過故事的另一版本麼？其實那哥哥不是哥哥，而是表哥，是瑪特羅什卡的青梅竹馬。後來表哥離開家鄉，思念遠方的小情人，就造起表妹的替身娃娃來。

姊姊們：還有一個可能，我腹中娃娃不是「妹妹」，而是我的「女兒」。我們隆起的肚腹，看起來難道不像是一個孕婦嗎？我們各自的肚子都留有一條圓周的切邊，難不成這是醫生剖腹取胎時留下的刀痕？我的肚腹變成快將逼裂的蛋殼。新生之復活便是我之破碎，我不願意。

木香難以分辨，而溫差卻是可感知的。滿洲里在中國雄雞版圖裏的雞冠頂，一天的溫差上落很大。晨早仍然放晴，晚間風霜驟降，還灑了一場冷雨。我在脖子上圍上一條哈達巾。當我企圖旋開「六妹」，準備給她們「七姊妹」一字排開在桌子鏡前拍一張「全家福」時，不知是不是木料經受不起冷縮熱脹的溫度變異，她啜實了，無法打開。

我搖晃她身軀，體內有一粒珠子在撞牆喊叫。我試圖像剝花生般掰開花生殼，取出裏頭的花生粒，但花生殼異常頑固。或者她是一顆核桃，那要剝開她可要拿槌子了，但結果難免會有所損毀。也許她想取代「七妹」，只要她不被打開，她就成為最小的。但這樣的話，一套七件的俄羅斯套娃，就只成六件了。缺一不全，我不會就此放棄。我不是醫生但我也許可當一個魔術師，表演刀下鋸人，刀鋒滑過肚腹，身體卻自動癒合，無血無痛。

七

「一個俄羅斯套娃無法旋開，她／它還是俄羅斯套娃嗎？沒有人給我打開外殼，我就注定要被囚禁終身。但也可能是，我根本不想出來。我害怕光明，也戀棧孤獨。我選擇退隱。」

「我的世界很黑，依稀感覺身外有身，像給一層層的天空包裹着，一層以外有一層，一層以外又有一層，每層都是一個保護罩，又像是一塊裹屍布。當我閉氣，至少我有一具棺材。」

「七個分身，只有我——最小的一個，身上沒有刀痕。最核心的也是最完整的，同時也是最細小的，如一顆種子。因為太細小，常常給人忘記，包括自己。」

「七個分身，從外到內，自我的多重分裂，最核心的部分為靈魂居所，完全對外封鎖。

事實上我也無能為力，一個人與自己的內在尚存隔絕，何況之於他人。你能夠開到第六層，已經是很不簡單的了。再深我就驚惶了。」

「謝謝你陪我走過一段路程。明天，當你退出這旅館房間，可不需把我攜同。」

○

一個「哥哥」，他不是木匠，他是一個筆耕者，他在紙頁上，以他思念的女子原型，造了一個俄羅斯套娃。傳說中的娃娃每年變大，他的娃娃卻愈寫愈小，因為距離愈來愈遠，終至去到漠河，去到北極村，去到天邊星宿，消失如無形，如同所有的思念故事。

（原載《明報周刊》2012年8月號、台灣《短篇小說》2012年12月第4期。收於《靜人活物》）

#物

某年某月，潘國靈曾去到中俄蒙邊界，滿洲里的套娃廣場確實一遊，卻不曾帶走一件俄羅斯套娃。套娃從外到內一個包裹一個，一般畫在身上的圖都一樣，但比較講究的套娃，身上圖案會有所分別。作者考究套娃的手工，讓他筆下的套娃一個一個翻開時自身揭露着不同故事，將原來源自俄國的「瑪特羅什卡」傳說，改寫成一篇結構奇特，一層一層穿透人心的故事。小說故事的室內場景在友誼賓館，連同外在的俄羅斯歌舞表演、呼倫貝爾大草原，遠至中國極北之漠河等，作者都曾到訪，但故事完全虛構，意念奇特；作者寫這小說時已從旅途歸來，寫的時候對着一個普通的俄羅斯套娃，卻能以想像幻化出小說中那以天藍色為主調的套娃，能夠聆聽物之微語，也是一個「通靈」；香港有自家的七姊妹故事，作者創造出另一個，在旅途中終究遺落的「七姊妹」套娃。

寫〈俄羅斯套娃〉時，作者問朋友借了一具俄羅斯套娃，他放在桌上經常對着。套娃實物與筆下出現的全不一樣，可見小說混合了物感與無限想像，令創作近乎魔法般展現。

作者曾到訪過的中俄蒙邊界，呼倫貝爾大草原。

不動人偶

我已經與你朝夕相對了三天三夜。彼此隔着一塊玻璃。你在理想專門店玻璃櫥窗之內，我在櫥窗對出的妄想櫥窗街中。

被劈去頭顱的。被劈去雙腿底部變成一個衣架座的。頭顱圓鼓鼓光秃秃像一隻大鵝蛋。五官全然消融只在臉上浮出凹凸輪廓。拉鏈從肚臍一直拉過頭頂，帽兜耷在頭上像一個大魚頭。在一堆奇形怪狀的人偶之中，立着一個完好身軀的你。

你身材高眺，腰肢纖幼，小小的乳，平闊的肩，天生的一個衣架子，可惜是一具不動的玻璃纖維人偶。如此風姿綽約，如果你能走動，便理應穿透玻璃走上天橋，如一個頂級模特兒般在天橋上煙視媚行地行貓步，仰首同時含羞，眼珠子滴滴溜轉但不對焦任何人，因為任何人也不在你眼裏。然而你始終站立原地，被罩於透明的玻璃缸之內。

櫥窗人偶千嬌百態，遠勝真人姿色。你們都被點了穴不可動彈，而我卻是選擇自己不動的。我是那種把自己塗滿一身漆油，專門表演凝定不動本領的流浪藝人。流浪藝人在這個城市常常被驅趕，這樣的流浪藝人尤其不多。不過由於我的本領太過高超，在外國表演時，曾經有途人還以為我是一具立着的人體雕像。好奇的人在我眼前掩映，我眼睛眨了一眨，嚇了他們一跳。

再來的時候，櫥窗玻璃上貼上了「最後三天」的招紙。我不知道是新糊上去的，還是昨天我太定睛看着你，對其他東西無所感無所見。奇怪是你跟昨天的表情有着微細變異，平常人可能不覺，但看在我這個也堪稱身體專家的表演者眼中，不容易漏掉。你彷彿也跟這個城市心臟的上班族踏着同一步調，晨早人們看來仍一臉朝氣，到下班不過經過不足一天的時間，就好像久經摧殘，把一臉頹唐掛在臉上。晨早你雙唇微微啟開露出中間一排雪白牙齒，夜深，生命與沉默碰着，雙唇緊閉。白天舒展的眉頭，晚間皺起來不經意在額上印上一兩道淡痕。我以為陽光對你並無傷害，畢竟你有厚層的玻璃保護，然而看真，陽光穿透玻璃打在你雙頰上也蒸出一暈雀斑。唯獨不受傷害的是頭髮，茂密盤曲如麥杜莎頭上的金蛇，不長一分也不掉一根。我定睛看着你時你定睛看着我，但我知道你什麼也看不見，你甚至連自己的美麗面孔也不知曉。

時鐘好像以另一種律法運行，三天之後又是三天，也許時光如你我的形體一樣，膠着凝住根本沒有跳動。櫥窗人偶會露出疲態，說來也太過天方夜譚，也許不過是我一時神經錯亂的幻覺。但野生石頭，暴露於天地間，吸取日月精華，久經年月偶也會有一塊成為石精、石獸、石怪，你雖隔着玻璃不受風吹雨打，然而也吸取人氣和陳死人的腐氣，有誰可斷言，在千千萬萬的模特人偶之中，不會有一個真的活起來，有了一顆卜卜跳動的人心？

表演藝人沒有觀眾還是表演藝人嗎？像我這種表演靜止不動的藝人，其中表演的精妙是與途人觀者作微妙的互動，視乎觀者反應，我有時會轉動眼珠、眨動眼睛、把前臂作機械性的擺動、甩甩膊頭、甚至扭動脖子，然後頃刻凝住，隨時可以入定。說到這方面，你的本領比我更強，我見過櫥窗設計師給櫥窗人偶置換新裝時，把她們的胳臂旋開，把她們的脖子一百八十度扭轉，這令我嘆為觀止，儘管看到你赤身露體的剎那，我也認為你應有被蒙上幃幔不被看見的尊嚴。我總是希冀突破身體極限擴展表演可能，櫥窗模特也許亦可作我的參照。

然而妄想櫥窗街愈來愈人跡罕見。尤其入夜後，整條街肅殺寂靜如一個死城。購物者都轉而去買更實在的東西去了，如鑽戒手袋奶粉藥瓶，而肯定不是虛無的妄想或者理想。白天人頭鑽動又是另一光景，我流竄如過街老鼠，找不到一方屬於自己的臨時舞台。咯！咯！咯！很多對鞋子碰撞地面齊聲發出疾走的快板，如此凌厲有勁如不停行軍，誰給阻路準會被無情推擠以至一腳踢開。於是在凝止不動的「最後三天」我只有你一個觀眾，反過來說也可以說我是你唯一的觀眾，而且肯定是入迷的那種。然而出於根深蒂固的表演本能，觀者不動我也不動，於是，我便站得更凝定了，幾乎可與櫥窗世界中的你看齊。沒有人跟我互動，我更陷入沉思，靜默地在腦內編織故事。也許暗地裏我在試圖突破一個自設的限制。

我向眼前的你伸出前臂。你在對面伸出前臂推開我。我擺動左手你的右手動起來。左邊的眼球轉動你還我右邊眼球一個逆向滾轉。表演多年我從沒遇過一個這麼合拍的對手，表演者與觀者的即興互動如此天衣無縫發生在我身上還是首次。

像我這種在露天表演的流浪藝人，最不可控制的還是天氣的陰晴。「最後三天」以來一直無風無雨，在我跟你進行了神奇微妙的互動後，一下子天空忽然降雨，雨水橫斜散落如一枝枝從穹蒼射來的雨針，打落在我身上如萬箭穿心，油漆如血開始在我身上化開來。這還不是動搖我意志的根由，畢竟我身上的油漆髹上厚厚一層兼有防濕功能，除非灑落的是酸雨，否則要腐蝕我身還不是太容易的。更影響我心情的是，雨水打在你面前本來平滑如鏡的玻璃窗上，把它變成一面起伏皺褶的湖泊，粼粼波紋蕩漾在你臉上化作一團。你的面孔被模糊掉，有一道迴光瞬間返照。

也許凝止的世界就是等一場酸雨來跳格。再度放晴櫥窗上的「最後三天」招紙換成「最後一天」。時間畢竟還是會流淌的或流逝的，決心不動或無能行動的只是你和我。「最後一天」終於有人走進你店內，把你從櫥窗世界中接走。也許你就是這荒涼的理想專門店的最後一件貨品。那個把你接走的人把你的義肢解下來，將你的上半身放在輪椅之上。輪子轉動，你徐徐滑進另一個世界。也許那人會把你放置在自己家中的窗台上，窗台上一樣有厚層的擋風玻璃，繼續讓你面向大街，一如往昔冷眼旁觀街景的日換星移。

理想與妄想不過一塊玻璃之隔，此岸與彼岸的距離，無限遠又無限近。事情至此我終於有了更大的領悟。只要我跨得過面前那塊看不見的玻璃，也許我就能到達另一境界。周圍的風景都是主觀投射的。我以自己的想像設計舞台。我已經以念力為眼前的櫥窗空出一個位置，沒什麼可阻擋我填補你留下的空缺。

於是我邁開機械性的腳步，推開玻璃門，穿過這道界面，我從鋪滿瀝青的櫥窗街跨入鋪滿地磚的專門店。老闆娘從櫃台中走了出來，說是「走」其實並不準確，因為她坐在輪椅之上，只是向前滑動的速度比我走路還快。我跟老闆娘說，你們知道，世界上有一種流浪藝人，把自己由頭到腳塗滿漆油，在公共場所表演凝定不動的本領，像人給點了穴似的；如果他們能在大街小巷出現，沒理由他們不可溜進櫥窗之中，尤其在我們這個城市之中，如果他們要爭一口氣，或者掙一口飯，玻璃櫥窗也許是他們的最佳歸宿。

老闆娘轉臉跟我說：「這個當然，我在這裏已經等了你三天三夜。只見你凝神不動，若有所思，又不確定你是否趦趄不前。沒有人可以替另一個人領悟，我高興你最終還是來了。像我們這種表演靜止不動的藝人，如果能做到與櫥窗人偶幾可亂真，可說已臻一種修為的境界，其實就是基本功的練成。一天站立十二小時，不僅身體不動，連表情、眼神以至視點也是固定的；當然也有一些因站立太久，雙腿不勝負荷，報廢了，但無怨無尤，也是一種凜然。他們退役了，不能再作表演，我們會安排他們打理店舖。只有極少數的同道中人捱得過三天修煉，但我們還是需要接班人，讓這門藝術，也可說是秘技吧，流傳下去。也讓不散的城市遊魂有一個收容所。不瞞你說，理想專門店不止一間，它以不同的名義在這城中開設分店，每間分店的櫥窗，都有一個人扮的不動人偶。如果你踏上這格櫥窗空出的位置，你就成為我們這個神隱組織的一員。」說罷老闆娘回到她的櫃台，拿起筆來書寫，那麼專注凝定，乍看又像一尊蠟像。

我很羨慕你們可以在街上踱步，可以有移動的視點。可以抬頭看天空，或者低頭看自己的鞋子或影子。我佇立在一個定點，方塊櫥窗成了我的觀景窗，偶有一雙腿子從左邊進入又從右邊退出，或反方面從右邊入景又從左邊淡去，而停駐在玻璃窗前的眼睛並不多。我開始聽到體內骨頭脆裂的聲音，雙腿麻痹成兩捆樹根。我被囚禁於自己的軀殼之內、顏料之內，雕塑之內，以不動如山作為我當下的行動藝術。直至有一雙好奇的眼睛落在我身上，全神貫注如我之前給你迷惑一樣，我才可以獲得釋放。表演者與觀者總是需要互動的。表演還在進行中，只要能穿透玻璃，我就能穿越妄想與理想的邊界。有一對眼睛瞪在身上，像似曾相識的我。

（刊於《明報周刊》2013 年 2 月號、台灣《短篇小說》2013 年 6 月第 7 期。收於《靜人活物》）

#櫥窗世界　#物

活在消費主義的景觀社會中，琳琅滿目的櫥窗誰沒見過？只是透過作者的「幽靈之眼」觀照出來卻又自不同，異色無邊。在作者的想像中，妄想櫥窗街與理想專門店一街之遙，白天與晚間街頭景色各異，在深寂之時，一個看似瘋子的孤絕流浪藝人與櫥窗人偶作隱密互動；作者將在外國不時看到表演凝住不動的「活人靜物」(tableau vivant) 放進小說中，探及畸零者、報廢物、物化世界，以至藝術的本質。對於一篇如此充滿想像力與意蘊豐富的小說，也許無須多花一言，走進字裏行間便是了。值得一提的是，潘國靈的小說很多獨立成篇，也相互交織成一個緊密的網，同期寫櫥窗世界的，除這篇奇詭荒誕的〈不動人偶〉，有另一篇〈兩生花店〉(收入《離》)，可說是作者「櫥窗世界」的姊妹篇。

二〇一三年二月二三一一期潘國靈替《明報周刊》「日月文學」策劃了一個「櫥窗世界」專題，因而寫成〈不動人偶〉，配以在紐約拍攝櫥窗人偶的相片。夜間城市是另一個舞台，作者一度沉迷於晚間櫥窗世界的畸零人偶，後來再誕生〈兩生花店〉（收錄於《離》），也是延續櫥窗人偶的書寫。

「那你是有求必應，或者說，只要顧客找你，肯花錢你便會做嗎？」

「也不是，我雖然不問及他們訂做標本的因由，但我會從他們的眼神、言談，感知他們的心態。純粹金錢是買不到神韻的。只有從他們眼神中我感受到深沉的思念、憐惜或哀悼，我才會答應。因為也只有這樣，我才能做出一個恍若有靈魂的模特人偶，而不僅止於美輪美奐。標本不是純粹的商品，我的作品也不多。」

——〈兩生花店〉，《離》

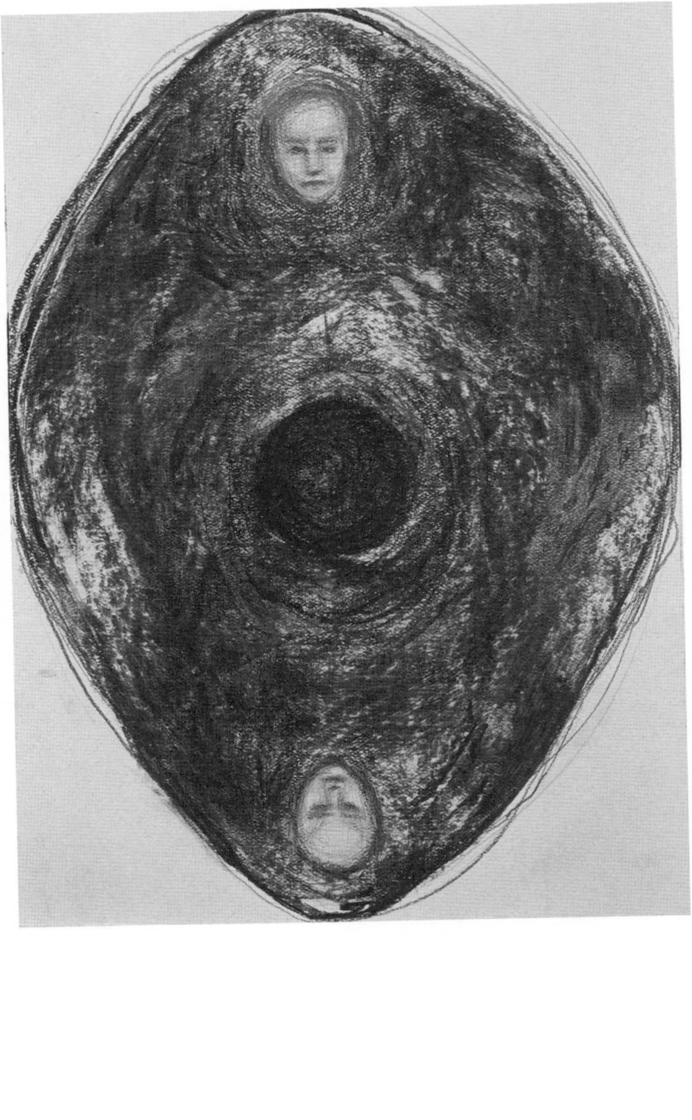

分裂的人

1・女—女

直至我把自己的分身照見出來我才變成了一個完整的人。其實「你」一直都在只是每多隱伏於軀體內如蟲子寄身於心房，有時也外化成一個人形靜默地坐在我眼前但無人看見。從很小的時候我就把「你」隨身攜同「你」不向任何人說話好像一個自閉兒只向唯一的我傳話「你」的話我多數能夠捕捉但不一定來得及照料。照鏡子的時候「你」每每一閃而過因為鏡子中的我是我也不是「我」，一個人照鏡子是自我欣賞也是自我聲討的最佳時候。

雙生兒。我曾經問過母親，我來的時候是否有一個姊或妹跟我前後腳一起到來，但不幸臍帶纏着了她脖子從母親子宮走出來的是一個粉啫啫的人體與一個紫藍色的屍體。母親眉頭深鎖地說，也沒責怪之意：「沒這回事。你一個人赤裸裸來到世上。臍帶很快就剪斷了。」

大多數時候「你」非常安靜也與我非常合拍。偶爾與我意見不合但「你」的聲音比我更微弱也更內在。升上中學後「你」開始更有主見，在我參加群體活動時，自閉或內向的「你」搖着我的衣角嚷我躲開，在人群之中「你」感到一種說不清的不自在，我參與同伴的遊戲作樂我扮演着投入的角色但突然間可以噤聲不語以至從人群中走出來。如果不是「你」在我心房內嚙咬鑽洞，我也許便可以真正忘乎所以地投入而不用只是「扮演着投入的角色」，儘管周遭可以把二者細微分辨出來的同伴幾乎可說沒有。漸漸我也習慣並且更深切地明白，完全投入的那個不是我，扮演着投入角色的那個也不是我，是同時穿梭於投入、疏離、扮演投入、扮演抽離、突然撤退之間，處於不穩定伏特升降的那個才是我——我們——我和「你」。

直到多年後，我的母親一次談起我童年時說：「你小時候患過思覺失調。」說時也帶笑意，可能以為事過境遷，很多敏感孩童在成長期也會出現幻想失神的徵兆，都屬過渡性，長大過後便歸於正常。我當時也向母親淡然一笑，體內的「你」微微傳來一把聲音：「母親搞錯了，『你』小時候，根本就未有『思覺失調』這個說法。這個名字是二十一世紀才被醫學界發明出來的。」

我非常清楚，過渡性的東西不只是過渡，而是已經深入骨髓成了「本質」。我現在常常仍看見「你」、聽見「你」，有時躲在衣櫃裏，有時躲在床下底裏，有時在我低頭伏案寫作的時候，「你」在旁邊靜謐地以一對穿透的眼睛在審視我在時光中雕刻的文字。在我敲打鍵盤的時候，在我自言自語的時候。在我寫作猶如面壁玩手影、自我傾聽、自我禱告，同時也是自我遊戲的時候。甚至在我一人進餐的時候，「你」就坐在我對面的卡座低頭默想剛才掩卷的書籍，沒有侍應會來騷擾「你」或招呼「你」因為他們根本看不見。

要說跟「你」的相處和同在，這將是比一匹布更要長的故事。我特別想說的是「你」一言不發，在骨牌差不多砌成，只差最後幾塊便大功告成的時候，「你」突然將骨牌推倒的剎那。當然我這樣說只是一個比喻，但這些瞬間，無傷大雅的有、具決定性的也有，都曾予我以傷痛與震撼。譬如說一次我跟一夥同學在操場圍了一個圓圈，大家在玩着拋手巾的時候，手巾是純白色絲質的這個我可以確定，因為它當時就握在我的手裏，由一個親密女孩傳到我的背後，準備隨我的意志放在誰個孖辮或蝴蝶結女孩的背後。「你」忽然走出了由女孩圍成的圓圈，對我手中握着的白手絹露出不解的睥睨，並把目光投到操場上不遠處的垃圾桶那裏。女孩的歡笑聲就響在我的耳畔，但一刻竟然敵不過「你」仿若帶邪術迷惑的眼神，我逕自把白手巾掉進「你」目光投射所及的容器之中。女孩譁然，白手巾的主人兒，我在學校裏的親密女孩低頭啜泣，從此我和她之間生了一面不可推倒的牆，心之牆。

這片段回想起來只是一件無傷大雅的事。傷人大抵終究不及自傷的那麼嚴重。在同學一起力有所及或力有不逮地參加成人給我們預演的公開考試淘汰賽時，我也加入了這場Mock Exam——後來我方醒覺"Mock"在英文裏既指「摸擬」也有「嘲弄」之意，一語雙關本是我的名字。我成績一向優秀在班中也可說是名列前茅的優異生，似乎離就在中學對面的理想大學只是一步之遙。「你」在這個關鍵時候——人生應該把其他一切擱置，將心力注碼全押在一場嘲弄摸擬成人賽的生死關頭，「你」想出了一個非常有效地令我「分心」的方法——思考人生的意義以及虛無，並且投進了文學閱讀的世界。老師用白粉筆塗在黑板上的文字我看不進眼，我把頭枕在與隔鄰相連的木桌可以嗅到令人心痛的木香，老師走近我身邊輕輕用曲起的指頭關節拍打桌面，她看到一個眼神恍惚的我，那刻我告訴不了她，是「你」——在我體內儼如叛逆因子的「你」把我弄得面容枯槁，並且我也沒告訴老師，昨天我沒像其他同學重溫着前人歷屆的試卷，這條舊路真是乏味無聊得可以，我的黑眼圈是因為通宵看了卡繆的《異鄉人》而弄出來的。老師不發一言，轉背離開了。

當老師在黑板上寫着 $E=MC^2$ 時我想着尼采的「上帝已死」。當班主任因我遲到扣我三分操行分時我想着杜斯妥也夫斯基的「如果上帝不存在，一切皆被允許」。當同學聽着預先提取愛情或失戀感覺的綿綿情歌時，我腦裏響起並不屬於我時代但完全入了心肺的歌詞，如披頭四的 *Nowhere Man*。"He's a real nowhere man, sitting in his nowhere land, making all his nowhere plans for Nobody." 或者女孩一點的，也不屬於我的年代但聽進心坎裏的："Where have all the flowers gone? Long time passing. Where have all the flowers gone? Long time ago. Where have all the flowers gone? Girls have picked them every one. When will they ever learn? When will they ever learn?" 無人在我身旁伴樂，只有「你」，在我心內哼哼唧唧地低吟，拉我一起唱和，我不知那應該叫作「獨唱」還是「二重奏」。

於是「你」在短時間內成功把我轉型。「你」在我耳畔反覆述說如催眠：一直做一個模範生也太沉悶了。一直做一個貴族，「你」將來的文字不會有複雜的顏彩。「你」不嚐失敗的滋味，「你」不會懂得憐憫，也看不到中心以外的許多邊緣。結果如「你」所願，「你」暫時成功了。一次我在陸運會田徑場上勁跑已走入直路終點在望連面前的目標線也看到了，「你」突然在我背上一推，我摔倒在目標線前，老師事後跟我說：「你是好材料，可惜就是心理狀態不夠穩定」，好像我真是一個運動員似的。我在模擬嘲弄成人賽上過關斬將，在臨末一場「你」束緊纏在馬頭上的韁繩不是叫牠快馬加鞭而竟是勒令牠調頭離開，我因身體病倒（是的，就是母親後來所說，我小時候曾患過「思覺失調」，我出現了幻覺）而缺席了臨末最關鍵的一場。一再地，我已經差不多可把疊疊高的骨牌砌出一座城堡來，卻突然拂袖把一面城牆推倒，「你」說相比一座堅立的城堡「你」更喜歡一座崩塌的廢墟。在不應該跌倒的時候我跌倒了。後來我長大了在我筆耕時差幾行就完成了另一隻手狠心地把稿紙捏作一團，當中想必有我們的相互默契和長期合作。「你」在我心內叮嚀：「你要寫出好東西，還得對自己殘忍一點。」

2・女—男

不知是「你」給我診斷還是我給「你」治療。「你」診斷我與世界合流常常也禁不着追隨大眾建構的聲望和幸福。我斷定「你」有自我毀滅的慾望，專以我的人生作實驗場。「你」默然點頭說是的，圓滿是「你」不能忍受的因為圓滿意味着遺憾的缺失「你」存在的廢墟以殘缺的碎片堆積。我抬起頭來此時正值黑夜連天空也附和着「你」在我頭頂映照出一彎新月。「月如鈎，寂寞梧桐深院鎖清秋。」我唯有回「你」一段以蘇軾的：「月有陰晴圓缺，此事古難全。」課文學到的東西畢竟也非完全枉費。

一切建立在浮沙之上，我剛堆起一個沙丘一個海浪旋即把它沖走。自我建立，自我摧毀，說來也是「自我完成」的一場遊戲，只是我們緊密的影子探戈，有時也把其他本不相干的人拉進帷幕裏，如我小時候那個曾經親密的女孩。是的，我時而也想加入主流的齊聲合奏那裏有比較容易寄託的安全。所以後來，女孩換了性別，我也曾經戀上男子。

他有我身上所沒有的，由長在喉頭上的核桃，到長在胸膛上的寬闊，到長在兩腿之間的一根慾望尾巴。那愛也不能說是淺的，過程中我也曾悉心學習把一個茫茫人海中擦身而過的隨機對象，當成構築自我的命定核心，彷彿我生來就真的有所欠缺，如一個空瓶子等待清水注滿也反過來讓無定向的清水有所歸附。

這樣的慾望對象也不止一個。有的牽過手就在冷巷中分開了。有的走得長一點但也在長街中失散了。有的爬上了我的床襟，讓我見識慾望尾巴豎立時的形貌而恰是這異己的一磅多餘的肉把「你」嚇倒了。它竄動不安欲找一個洞穴埋藏時「你」又異乎地強頑守在洞穴的門口把靈蛇趕退了。「請不要碰。」我開口說話，將「你」心中的吶喊壓低成婉拒。男子以為我欲守清規暫以保留完整的身軀，「你」在我體內竊笑這是什麼時代呀面前脫清光的神聖男孩真是純真得可以。是的，如果我把男子推開，絕不是什麼清規俗例或陳腐道德，而全然是「你」在我體內騷動作祟讓我面對任何赤裸異己身軀至幾乎交合縫接時，都會惴惴不安以至無由地生出噁心的厭惡。

有的男子也曾執意把我帶離我睡了近三十年的單人床。有時用一種暗示：三呎半的單人床，二人睡在一起也太窄了，雙人床始終比較舒服。「你」微微一笑，不置可否，「你」把說話聽進耳裏，非常清楚「單人床」與「雙人床」作為一則比喻，以及由單人床躍上雙人床的本質距離。我尊重「你」的意願說：「但我天生不可與人同睡。」「為何？」「我自小就害失眠。」「也許正是缺了一條胳臂，或者臨睡前在你額上印上的一個吻痕。」「但你不由自主的鼾聲會驚動我。我連床頭都不可以放滴答響的鬧鐘。」「但我已把自己蜷縮一角，盡量不發出聲來。」「但你是人，當我完全沉浸於寫作時，連最微弱的呼吸聲都會擾亂我。」這一段對話也是一則比喻，男子也不盡是愚蠢的，有的也聽進去了，不作聲反抗，默言無語，就是最可能有的莫大溫柔。

事實是，我也曾經踏在婚姻的門檻上，與婚姻的祭壇只差一步之遙。是的，我說的不是愛情故事，所以以上男子的故事都可以蒙太奇快速掠過，我想說的是「你」，「你」與我的同在，「你」與我的分裂，以及，「你」一再在我生命要緊關頭跑了出來。

其實也不能說是不愛的。溫柔男子把我帶到城中著名的「縫合街」上。每天有很多的一半加另一半，走進這裏任何一家店內，挑選特製的白色裙子和西裝禮服，給縫合店裏的裁縫師把他們縫合成無縫的一對。好像是漫不經心又像是互有默契地，在城中半島行着行着，我們就拐到開了一列展示美好幸福景觀的縫合櫥窗街上。溫柔男子情深款款地在長街上哼起歌兒，由八十年代唱到九十年代，橫跨了我的青春期，我和時代的黃金歲月。

「對我講一聲終於肯接受，以後同用我的姓。」

(是的，這歌那時候感動了萬千少女我的親密女孩愛煞了。當這歌在城中響徹我唸唸有詞「你」皺起眉頭緘默不言。是的就是這時候，「你」帶領我轉聽披頭四的 *Nowhere Man*、Peter, Paul & Mary 的 *Where Have All the Flowers Gone*，還有 Simon & Garfunkel 的 *I'm a Rock* 等等，來自不同頻道的。)

時代轉換，但天下男子還是想着與女子共享自己的姓氏並以之為承諾。

「只需要當天邊海角競賽追逐時可跟你安躺於家裏便覺最寫意只需要最迴腸盪氣之時可用你的名字和我姓氏成就這故事。」溫柔男子唱着另一首九十年代的歌時，我們正面向着一面反光的縫合店櫥窗。

（「因此，人要離開父母，與妻子連合，二人成為一體。」「你」在我身後掩映，好像怕我終於被成功感動，絮絮不休：「原來流行曲歌詞與聖經話語，那麼相通。」）

男子情深款款唱罷這歌，在袋子裏掏東西，「你」在我身後已經猜到，應該是一枚欲把我扣着如金剛圈的婚戒。男子幾乎要學着典型愛情浪漫片的情節般要屈膝跪下來了。我打量着面前櫥窗陳列的維多利亞庭園美景，視線落在一對穿上白色裙紗和黑色燕尾服的新娘新郎櫥窗人偶，不期然發出一個疑問，把他屈膝的姿勢暫時凝住。

「為何縫合街的櫥窗人偶都是無頭無臉的，一個個在脖子上齊平地被劈去頭顱。」我開口問道。

「因為那缺失的頭顱，等待你和我去填充。那缺失的頭臉，就在櫥窗反照的對面，立着我和你，絕對的獨一無二，不可預先鑄造。」溫柔男子說時甚至動手按在我的頭上，好像真的要把它扯下來放在面前的女櫥窗人偶的脖子上。

是在這刻我真的把「你」照見出來。「你」不再在我的背後，「你」的頭顱飛上了面前櫥窗人偶的脖子上，我望進命運的鏡子之中，「你」怒放的頭髮散開披在白色裙紗一直垂落至棗紅色的地毯之上，蛇髮捲曲，好像希臘神話筆下一顆麥杜莎的頭顱。

幸福好像就在前面，男子看到的是岸頭，而我看到的是擱淺。不是一間，是間間如是。女模特兒斷頸上有些披上頭紗，男模特兒就乾脆被劈去頭顱。我的胃壁猛然湧上一股胃液差點兒沒嘔吐出來。「你」以為我因感動而一時失神，竟給我遞上袋口裏的白色手絹。在要緊關頭「你」一再跑出來了。「信與不信不可同負一軛」，小時候聽的聖經課也跑出來了。「你」一手把我握着把我帶離櫥窗現場，我與「你」在街上狂奔橫掃了許多斷頭人偶，玻璃反照頭顱滿天飛，其中也有一些落在地上翻滾旋轉，說不定當中有一顆施洗約翰的頭顱斷送在「你」這個形影不離的劊子手中。我跑呀跑好像要跑到故事的盡頭又像回到故事的起初，長長的櫥窗街扭曲變形成一條隱修院的隱蔽迴廊只剩我和「你」二人成為一體地冥想繞圈。

3．我—我

我回到了寫作的洞穴，一個人的房間。晚上繼續留守在三呎半的單人床上，偶爾失眠。

母親不再重提我小時候的思覺失調了。她開始轉口說：「阿女，再這樣下去，你要成『孤獨精』了。」好像說中「你」的心事，即時反應，我唯有回母親以五字：「必要的孤獨。」可能母親以為我又思覺失調了。

但我不再忐忑，不再茫然，我終於明白，所謂的「另一半」，其實也是存在的一則寓言。

有一個希臘神話是這樣說的。話說遠古時人類本有三個類別：「男—男」；「女—女」；「男—女」；全都是圓滾狀的，有四手四腳、兩張臉以及兩個性器，他們在地上滾動，力量強大，也曾意欲攀上奧林匹斯山，天神有所顧慮，於是把人類劈開一半，將圓滾狀壓扁，留下中間一個肚臍作為印記。失去了「另一半」的人類失去力量，消沉而終至朽腐。天神不欲人類滅絕，因為還需要人類獻祭和崇敬，於是把人類的性器扭向前面，像我們現在的樣子，人類透過性交得到暫時的接合，稱之為性愛，其中的「男—女」組合並得以繁殖。從此以後，人類來到世界就多了一個使命或曰歸宿，生來就是要尋找在世迷失的「另一半」，方至圓滿重新歸於整合。

儘管這則神話誕生於二千多年前，但它仍有異常頑固的力量。人們仍是會稱自己的終生伴侶為「另一半」。這「另一半」落入塵世，有不同的稱號如「夫婦」、「夫妻」、「配偶」、「伉儷」，經法律認可，多為一男一女，但其實，原神話並不排除男男或女女的結合。所以這則神話也極具包容性，仿若無懈可擊。但我想表達的「分身」體，恐怕還不是這三個可能性的任何一種。

我曾經以為自己是「女—女」，後來我又曾經以為自己是「女—男」，我曾經也到處尋覓，那冥冥中失落的另一半。生命各從其類，「男—男」、「女—女」、「男—女」自有各自的軌跡和可能，如同我的生命，就是多得母親與世間一個男子的共同結合。我無意否定任何類別，我只是想說，這近乎完美的神話還漏掉了一個類別，在這類別中，一半與「另一半」的關係不是以另一個他者為對象的，它本身就不是「對象性」的，他／她的「另一半」本來就是他／她自己的分身體，與生俱來地存在，自我分裂、併合、自轉、反照成一個整體，一定程度上，你可以說這類別的人只能愛自己，不懂得愛別人，因為任何別人，哪怕是天下間最溫柔最體貼的，都會成為一個令他／她不能完全自在的異己他者。我且稱這第四個類別為「我—我」。天神把人類通通劈開成一半，其實神話還漏了一個秘密——天神的刀鐮也有不及之處，其中有一類剩餘者天神怎樣也無法成功劈開，因為「我—我」本身就是一個「雙身兒」，天神的刀鐮把「我—我」劈開，使雙身兒的「另一半」成為一個躲藏的幽靈影子，但影子始終附在身上吊着披着如一件斗篷，等待他／她自己拿起針線與自己縫接，繼而又自我拆解，無休止循環。很多「我—我」錯把自己當成「男—男」或「女—女」或「男—女」，難免傷害了別人／對方像我曾經所做過的。這是我在尋尋覓覓很久之後才深切明白的。也是在這時候，我才全然接受，我將與「你」永遠同在，再不需要任何其他對象。我也將與「你」

永遠拔河，永遠拉鋸。一個人同時是自在與不安的來源，一個「雙身兒」，一個「孤獨體」。我與「你」的並存成為一個生命的鐘擺，我以鐘擺的兩極擺動來提取力量——存在的力量，寫作的力量。以寫作作為存在的方式，努力將自己變成自我創造的一個系統，在寫作的終極邊界或即自己身體的羊皮紙上，將意義與虛無縫接。

（原刊《香港文學》2013年6月號，修訂版收於《靜人活物》）

#分裂的人

寫《靜人活物》期間，據作者說，其中他當時尤其着迷於「分身」、「重象」、「分靈體」（bi-location），從〈不動人偶〉、〈密封，缺口〉可窺見。「分裂」不僅作為文學母題或手法，更是探及人的分裂本相（不必然是精神病學上視為病症的精神分裂）。〈分裂的人〉寫一個少女成長的故事，其中總感覺到一個「分身」或「異己」存在於體肉，不為人所知，如幽靈般如影隨形，親密無間卻時有異見之張力，「分身」所帶來的騷動，擾亂少女投入、參與社會化的成長之中。全篇小說沒有人稱，在「我」與「你」間轉換，視點微妙。凌逾評及《靜人活物》如此形容：「他的小說總是出現『你』，你是誰？男性女性？人物還是讀者？『你』可以說隱喻作家尋覓知己讀者的夢。但『你』更關鍵的解碼符，是名叫 NANA 的女子，她恰似作家的分身，雌雄同體的影子。」（見《靜人活物》序）。小說中充滿性別的探索，某程度上也探索着作者自身的性別流動和跨越。另外，小說最後引古希臘喜劇家亞里士多芬著名的「圓球人」神話（出自柏拉圖的《會飲篇》），卻將神話巧妙地改寫，讓女子在尋尋覓覓中終究與「你」和解，完成了另一種「與另一半」的結合，同時也即接受存在的分裂本相。

潘國靈創作年表

出版年份	書籍
一九九八	《傷城記》（短篇小說）香港：天地圖書。
二〇〇一	《病忘書》（中短篇小說）香港：指南針。
二〇〇三	《你看我看你》（散文）香港：文藝復興。
二〇〇五	《失落園》（短篇小說）香港：kubrick。
二〇〇七	《城市學》（城市論集）香港：kubrick。
	《城市學2》（城市論集）香港：kubrick。
	《愛琉璃》（散文）香港：kubrick。
二〇〇八	《城市學》增訂版（城市論集）上海：上海人民。
二〇〇九	《第三個紐約》（城市論集）香港：天窗出版。
	The Lost Land (Fiction) US: Heroes & Criminal Press

二〇一〇 《第三個紐約》增訂版（城市論集）北京：人民大學。

二〇一二 《靈魂獨舞》（散文）香港：天地圖書。

《親密距離》（短篇小說）香港：kubrick。

《愛琉璃》新版（散文）北京：人民大學。

《病忘書》新版（短篇小說）上海：三聯書店。

《失落園》新版（短篇小說）上海：三聯書店。

二〇一三 《無有紀年：遊忽詩集（1994-2013）》（詩集）香港：kubrick。

《靜人活物》（中短篇小說）台北：聯經出版。

二〇一五 《七個封印：潘國靈的藝術筆記》（散文）香港：中華書局。

《存在之難》（小說選）香港：香港文學。

二〇一六 《寫托邦與消失咒》（長篇小說）台北：聯經出版。

二〇一七 《消失物誌》（散文）香港：中華書局。

二〇二二　《事到如今》（城市論集）香港：kubrick。
《離》（短篇小說）新北：聯經出版。
《回頭我就變了一根浮木》（散文，「小說家的散文系列」）鄭州：河南文藝。

二〇二三　《總有些時光在路上》（散文遊記）香港：明窗出版。

蔣曉薇談潘國靈的作品

他透過幻滅探問存在（反之亦然），透過牢記書寫遺忘，從重像寫個體，以疾病寫救贖，透過裂痕寫縫補，從歸零寫重生，以伴寫離，透過親密思考距離。在鐘擺兩極處、在多種互為表裏的存在狀態下，擺盪除了是他獨特的文字風格，也隨着書寫成為他生命特有的基調。

撿拾記憶　一個孤讀者的洞穴穿行

「孤讀者」和「洞穴」這兩個概念，都是出自潘國靈的長篇小說《寫托邦與消失咒》。每個作家都需要有一個完全與外界隔絕的書寫空間，將自己封閉起來，免受干擾。維珍尼亞．吳爾芙需要一個自己的房間，而潘國靈則需要一個幽閉的「洞穴」。至於「孤讀者」，顧名思義就是將自己隔絕在外的讀者，他會因為沉醉在閱讀之中，渾然忘記自己處身的世界，如同被書本攝去靈魂一樣。

潘國靈曾在小說課裏分享過一個比喻，他說作家的身體裏都長着一條條蟲，這條蟲鑽在心裏，蜷曲在身體裏，用作家的大腦、精神和記憶做食糧。條蟲必須吞吃作家的身體取得營養，即使死亡和黑暗奪去作家的生命，亦不能擺脫這條條蟲。這個比喻相信就是潘國靈自己的書寫情狀。作家這身份之於他不是職業，也不是興趣，文學是他的終身事，他把精神和時間全然押在寫作的事情上，以換取筆尖底下的豐盈。寫作之於他猶如空氣，不呼吸，活不了。

認識潘國靈的起點，是從閱讀他編寫的《王家衛的映畫世界》開始。後來有機會結緣，是二〇一〇年在職進修的時候，那年我報讀了香港中文大學開辦的文化研究課程，他是「政治與文化認同」課程的講師，因此我有幸成為他的學生。潘國靈涉獵的知識層面很廣，他熟知希臘神話、聖經故事、存在主義、繪畫音樂；研究範疇橫跨電影、中外文學、哲學、城市學、文化理論、文化社會現象。他外表溫文，常常是一件白恤衫或短 Tee 配搭不同款式的帽子；說話時聲線低沉，授課時眼睛明亮有神，每說到深入處，總能旁徵博引。那年，每一節課堂我都坐在第一排講台正前方的位置，極像飢餓的動物，一雙圓溜溜的眼睛直盯着白板上的簡報，生怕一恍神就把筆記抄漏，錯過靈糧。

後來在坊間尋覓潘國靈的著作，就得由文化評論的書櫃走到文學叢書的書架位置。在文化評論和文學之間，他選擇了文學。雖說文學與文化息息相關，兩者並不相悖，但作家的筆觸畢竟有別於書寫評論和研究。寫評論做研究必須走在前線，走進世界；至於作家，則有離群之必要，方可站在邊緣的位置審視世界，產出深刻的作品。縱使潘國靈曾不止一次提到自己不過是無所歸屬的人，但我很慶幸他最終選擇了文學，甘願成為文學的「囚徒」，我和讀者們才能在他豐饒的文學世界裏開眼界，得到滋養和飽足。

由第一本小說《傷城記》開始，潘國靈致力實驗各種書寫的可能。這次由中華書局出版的《原初的彼岸》收集了他橫跨十五年的短篇小說，作品選輯自《傷城記》、《病忘書》、《失落園》、《親密距離》和《靜人活物》，這些作品都可以見到他靈活創新的寫作手法，並對疾病書寫、消失物、記憶與遺忘等母題的關注。迄今為止，潘國靈一共累積了將近百篇短篇小說，篇篇風格獨特，形式變化多端，語言生動靈活；經過長年的鍛練，他獨創一套「自噬自生」的寫作心法——一邊吞嚼自己生活的經驗，一邊提取創造故事的養分。透過不住的懷疑、埋藏、挖掘、分解、訣別，創造出一本本刻劃生命年輪的不安之書。

閱讀潘國靈的作品，就像服一劑憶記青春的神奇魔藥。當新海誠動畫成為當代一種文化風潮時，其實在更早之前，潘國靈已經擅長將青春定格。閱讀他的〈遊樂場〉會憶起童年玩伴各自在彼此生命中淡去的哀愁，閱讀〈一把童聲消失了〉會勾起青春叛逆的記憶，閱讀〈由男澡堂到女兒國〉會懷緬中學時代的青春戀曲，閱讀〈那年不過十七歲〉會體味到少年透支愁滋味的獨有傷感；閱讀〈波士頓與紅磚屋〉會憶起跟初戀情人光顧過的店走過的街都是美麗的定格，閱讀〈失落園〉會為成長無可挽回的種種失去而輕嘆，閱讀〈動機與純粹〉會為以死留住青春的憂鬱而感傷。

他寫殘酷的青春物語，用張愛玲典故寫成名就要趁早的少女，用劇場術語寫初出茅廬被迫寫喜劇以迎合主流大眾的女生；他寫童年的遊戲、消失的玩物和不可歸復的樂園，敏銳地刻劃出成長的艱澀。然而，潘國靈筆下種種青春夢囈，並非旨在吞吃自身經驗將自我無限放大；相反，乃是透過挖掘私密的記憶和經驗，通過想像，使之成為編造故事的養分。當舊記憶和經驗得以換個面貌在小說裏封存、保留時，他便能與自己內在對話，繼而勾連和刻劃外在的世界。

潘國靈作品的魅力在於文字的擺盪。他行文如流水，文字如心音飛揚，他自由遊走在事物的兩極，既是無可定形又可隨時變形。他筆下的生命情狀，都是雙重旋律吊詭地共存，他透過游離的狀態探勘存在與虛無，就像鐘擺一樣擺盪在正反事物之間，在小說裏形成雙重旋律，藉此撕出一道缺口，試圖探討存在的真相。例如他透過幻滅探問存在（反之亦然），透過牢記書寫遺忘，從重像寫個體，以疾病寫救贖，透過裂痕寫縫補，從歸零寫重生，以伴寫離，透過親密思考距離。在鐘擺兩極處、在多種互為表裏的存在狀態下，擺盪除了是他獨特的文字風格，也隨着書寫成為他生命特有的基調。

潘國靈擅長書寫愛情，愛情的告解、絮絮不休的情話、生命伴侶的無聲離去，在小說世界裏都能化成一種隱喻。他把對情感和身體的敏感包裹在書寫愛情之中，但這種書寫並非單單表現個人情感的跌宕。所有文學作品，愛情寫到深處都是一場靈魂剖白，是跟自己的靈魂共舞，也是作家對世界的觀照。他透過書寫戀人關係勾連社會事件和香港的變幻（〈役年·疫年——窗外·窗內〉、〈在街上跳最後一場離別舞〉），透過尋找消失的戀人剖釋作家的書寫狀態——一個作家為成就自身作品必須將自我放逐，寄居在洞穴裏（《寫托邦與消失咒》）。他擅於拉開時間的維度，透過書寫情感關係的變化呈現事物、人情和城市的變幻，在他筆下，戀人都化為碎片散落在城市各處，他一邊撿拾回憶，一邊呈現社會的荒謬和病態。

潘國靈筆下的愛情，是一闋欲斷難斷的纏綿曲。無論是戀人之間的對話、教堂裏的禱語、自我的懺悔或回憶的追溯，都是自言自語的低迴詠嘆。他相信文學是通過尋找一把自己的聲音來應對世界，同時也是透過內在的聲音回絕外界，由此獨白、對話、腹語、喃呢、私語、囈語都是他自我分裂、自我開解、獨自沉思的狀態。當低迴的聲音發起，說故事者絮絮不休地言說故事，字裏行間便浮現起朦朧的意識，而意識的沉落處又成了作品的靈動處，讀者得以循其聲窺探到作家內在的真誠。每每閱讀潘國靈的作品，都覺得他仿似在自己耳邊喃喃細訴，那聲音低如低音琴弦的震動，能讓人沉思沉醉，乃至於沉降。透過自我分裂的書寫方式，他思考、沉澱、獲得生之慰藉，自由遊走在生活的世界、故事的世界、精神的世界和那稱之為「現世」的世界。讀者只要循着聲音，溯源探本，必定可觸碰到作家內心驚人的真摯。

潘國靈是城市浪人，常帶着一雙陰陽眼蹓躂城市不同角落。他走遍大街、小巷、天台、廢墟與廣場，撿拾在城市中被大眾忽略的廢棄物，遊走過的地方，那裏的歷史、舊面貌、鮮為人知的故事，他都能牢牢記住。二〇一八年，我在一個廣場重遇潘國靈，那確是香港一個值得念記的重要年份。那年廣場人潮湧動，不知哪來的勇氣我竟上前跟他相認，告訴他我曾經是他的學生。他沒有覺得被我這個不速之客打擾，倒親切地跟我聊了起來。其實我倆話也不多，一個話題結束就自然靜默下來，雙雙觀看着廣場上來回不絕的人。在斷斷續續的對話中，得知他將會在文化研究學系任教「香港論述」這一課。因着這機緣，八年後我又得以重回中大，專心做那個坐在第一排對着螢幕抄寫筆記的旁聽生。不過那年，他身體出了變化，說話時氣若游絲，聲線沙啞，說到深入處有時也難免要停下來歇一歇，喝口水。即或如此，他仍是那個授課時眼睛如同火炬發亮的末日先知（不過大凡先知，沒有一位在自己的家鄉是受歡迎的，這也是一個末世真相）。

人與人之間的因緣際會都很微妙，後來又因為機緣，有機會跟他遊街，遊走的地方自然是香港的街道。起初因為參加了 Run Of Page 主辦的跑步讀書會，跟大伙兒遊走他筆下的油街和鰂魚涌。後來我倆相約到訪書店，及後遊走中西區，走過屯門、西九文化區、重慶大廈和中大山城。出入商廈、訪過小店，沿着海岸線看過好些因城市規劃而被切割的海。遊走過的地方，他都能娓娓道出一些過去經歷、殖民歷史和地方掌故。由是我知，他真是在城市夜行的幽靈，是記憶女巫寧默心。

記得一次為潘國靈的遊記《總有些時光在路上》作新書介紹，活動完結後一個讀者跟我分享她的擔憂，她說一個作家若長年沉溺在自身的陰鬱之中，也難免令人擔心他的健康。我回說，每個作家都有自身的氣質，沉鬱的個性或許更接近文學本身。而有一種作家是醫毒兩用，一如要解情花毒就須服斷腸草；在書寫的當下，他自己既是醫仙胡青牛也是毒仙王難姑，醫毒兩術本來就是作家的修行。

回想起來，其實豈止創作是醫毒兩存，閱讀於他亦然。他坦然自己是個書痴，家裏是半座圖書館（即半個天堂，半個人間世嗎？）他每天必須啃掉文字書葉來續命。在眾多作家之中，他特別鍾愛米蘭．昆德拉、卡夫卡、莒哈絲、卡繆、費爾南多．佩索亞、魯迅、黃碧雲等，愛讀聖經如〈傳道書〉，也視閱讀深刻且晦澀的作品為藥，「刮骨療毒」、「以毒攻毒」是他的治病良方，幾近宗教的神聖。他長年在閱讀中跟孤獨的藝術家結伴，踏着前人的影子，承襲不安書寫生命。日復日，他甘願守在洞穴裏，專注地從事寫作的勞動，直視虛妄。

這令我想起他近年一篇非常出色的短篇小說——〈一個走繩人的傳說〉（收錄在《方圓》二〇二二年秋季號）。這一個短篇，我認為可以堪比卡夫卡的〈飢餓藝術家〉。〈飢餓藝術家〉是卡夫卡在離世前最後的作品，有說在病床上的卡夫卡一直修改和校對這個作品直至生命最後一刻。故事寫到一個藝術家對飢餓表演有着如痴如狂的追求，透過禁食為觀眾表演飢餓藝術；然而他清楚地認知到，觀眾並不是真正在欣賞飢餓這門純粹的藝術，他們只把飢餓藝術當成一般馬戲團的雜耍演出。絕食四十天後，飢餓藝術家的身體非常虛弱，但他仍然拒絕進食，仍覺得自己可以繼續餓下去，只想透過瀕死邊緣的飢餓表演，成為空前最偉大的藝術家。悲哀的是，藝術家一直把自己的生命押注在飢餓表演上，只是因為「別無他法」——他無法找到適合自己口味的食物，只能忍飢挨餓。最後飢餓藝術家寂寞地死去，與腐草同埋，被世界遺忘。

飢餓藝術是極致的藝術——別無他法，在異化的世界裏真正的藝術家只能忠於自己，如同殉道者一樣向死而生。鍾愛卡夫卡的潘國靈，其靈魂深處終究也是一個飢餓的藝術家。他創作的短篇〈一個走繩人的傳說〉充份表現出他對藝術追求的執着，即使寫作透支他的生命，他也只能義無反顧地把自己放逐到邊緣的位置，無從回轉，沒有退路。高空走繩是挑戰極限的表演藝術，走繩人踏在一條窄窄的鋼索上，命懸一線，既不能重來，也沒人能拯救，一不留神甚至會有生命之虞。不過走繩的魔力也只有走繩人方能明白，腳下一條鋼索可以跨越任何邊界，把自己放逐到天涯海角。

故事裏的走繩人傳說來自莫斯科，一度流落東歐，由東到西穿過歐洲大國，越過摩天大廈，越過山嶺、大瀑布，從加拿大走到紐約。專注是走繩人的心法，一支竹杆平衡兩邊是他的遊走哲學，至於表演走繩就是他的存活方式。走繩人帶着烏鴉馬戲班遊過三藩市、洛杉機、西雅圖，最終來到阿拉斯加一個人煙稀少之地。在這裏，走繩人一邊演出，一邊過着飄泊的游牧生活。但馬戲團終歸不是機動遊樂園，這種講究技藝的演出總有曲終人散的一天。別無他法——走繩人即使離開，眼前也只有一條懸在空中的鋼索。危走半生的他，這時候不再需要鎂光燈，一條鋼索就能穿越任何地方。由莫斯科出發，在世界走了一圈，穿過白令海又將回到西伯利亞，那個全球最冷、黑夜最長、漫天飛雪的地方。由此岸到彼岸，移動身體，遊走世界，走繩人最終一站就是回到原初的起點。

故事結尾是一黑一白兩隻大鴉停棲在走繩人的肩上，白色烏鴉出自希臘神話是給天神咒詛而失去語言能力的大鴉，黑色烏鴉則是愛倫．坡的詩裏反覆喊着「不復矣」的渡鴉。兩種鴉咒同時落在走繩人肩上，不過走繩人頭也不回，只篤定向前，在繩索上走着，消失前不忘自娛旋足。這個畫面淒然絕美，我良久為之顫動。大概，無論是走繩還是寫作，都是生命一場內在的穿行，由內心跨越世界，由世界穿越到內心。由此到彼，移動、穿越、遊離、跨越、遊走世界，是生命深處的存在召喚。

以上種種，只是我閱讀潘國靈作品的一點想法，實為拋磚引玉，不足以涵蓋他作品中所有的精神面向。作家透支自己的生命來書寫，讀者帶着虔敬的眼光細細閱讀，本是生命一場美麗的交匯。有時我覺得作家也是造物主，以話語創造世界，也不忘留下智慧箴言，人若循聲尋找，定能尋見。如今，洞穴裏又再透射出熹微的光，那個可以穿過一個人像駱駝穿過針孔的洞口已經打開，只待尋道者爬進去，探尋挖掘。或可窺見城裏已石化之物，或可自絕天地。在那裏，在那個原初的洞穴，當低迴聲發起，深淵定能與深淵響應。

從洞穴裏出來向你報訊的孤讀者

蔣曉薇

二〇二三年五月二十六日

編後記

潘國靈是香港重要的小說家之一，自上世紀九十年代中後期以來創作不輟，曾涉獵不同文類，其中短篇小說尤其豐盛，表現手法層出不窮，作品具實驗性並深刻，極具個人特色。他不滿足於傳統說故事的形式，在自行摸索、探尋、挖掘、沉澱之中，經年累月開創出自己專屬的文學世界，曾有內地文學研究者表示：「潘國靈的小說雖然多為獨立中短篇小說，但其十餘年不斷地『短跑』其實相當於『長跑』，他所有小說從內部已構成一個連貫緊密的書寫系統。」（鄧文娟：〈城市、身體、"fort-da"隱喻——潘國靈中短篇小說的系統研究〉，華南師範大學，二〇一三）如今又不覺十年，拉闊時間來說，他一直在以文字的磚磈來築建一座「小說城堡」，愈發繁複，裏頭有鑽挖內心的隧道，也不乏照見世間的鏡子。有說他的作品充滿自省與哲思（凌逾語）、有說他的作品寓言色彩獨特（李歐梵語），時而一個意念引發奇想，時而在尋常生活中看出幽微，不一而足。若以幾個關鍵詞來概說，貫穿於作品中的創作母題包括：原初、消失、疾病、城市、物件、愛情、創作本身、身體等，自然在主題以外，小說如何寫永遠是重要的，而潘國靈的小說每每形式與內容互扣，不僅止於單純的形式主義實驗。

在編這本小說集時，在眾多可能的主題中，我們取其中重要一脈，以「成長」為題（或說，成長及其失落），希望在此視角下收入多篇作品，展現成長的複雜性和作家創作手法的多樣性。主題選貴乎聚焦，自然在主題的框架下亦必有割愛，譬如出色之作〈離島上的一座圖書館療養院〉、〈密封，缺口〉、〈在街上跳最後一場離別舞〉等未能收入，或留待日後有機會推出作家其他主題作品時再收入，或以此書打開一把鑰匙，讓讀者自行發掘和探索。

說到「成長」主題，我們取其廣義，意思不僅是一般所理解，由童年至成年的歷程（或一般所說至"coming of age"），成長除了是邁向也包括回望，或一直回頭或驀然回首，在成長路上撿拾種種的遺落。成長也非某年齡層的專利，我們每個人都在成長路上，邁向成熟也必有破碎或殘缺不全。成長必觸及諸般面向，如與城市的關係、存在的迷惘、時間的意識、記憶的堆疊與遺忘等等，而以上也是潘國靈的作品特色之一。

以上說到成長主題，《原初的彼岸》以作品為本，但另方面，在梳理潘國靈小說作品中，我們也希望鋪展出作者創作上的成長脈絡，是以編排上以作品的創作時間（大多以發表日期為準）為序，看似「直線」其實正好是讓時光鋪展出一道迴廊。自然，作為小說，小說內容與作家自身未可劃上等號，作品與作者的關係，在小說文類中尤其複雜。我們以此作為副線，欲打開一個視域，尚有很多可探索鑽研的空間。

本書收錄由作家陳志堅撰寫的編者序，從「存在」、「消失」等角度來詮釋潘國靈的作品與文學世界，作家蔣曉薇則從「洞穴」與「孤讀」的概念出發，與讀者分享她眼中的潘氏作品特色。十八篇作品的篇末，均附上豐富的文學詞條，詞條以整理研究資料糅合作家訪問的紀錄方式撰寫而成，過程中我們邀請作者談心法技法，及一些書寫的背後，方知一個小說家的生成絕非容易，除了天分，也有持續不息的磨練及思考。文學詞條不僅是每篇作品的附錄，更包含大量的小說心得，作者也借出一些珍貴實物，如創作筆記、與作品有關的生活照等，希望為《原初的彼岸》添加另一層閱讀的意義。最後，我們邀請本地年輕畫家王昱珊揀選五篇小說作畫，畫作呈現畫家對文學獨特的切入視點，她透過素描線條對作品的細膩詮釋，留待讀者自行細味。

站在原初的彼岸，一起回首青春、成長以及文學的初衷——天性、自性與個性。

葉秋弦

二〇二三年六月二十日

原初的彼岸

潘國靈 著

陳志堅 編

責任編輯　葉秋弦
裝幀設計　簡雋盈
排　　版　陳美連
印　　務　林佳年

出版
中華書局（香港）有限公司
香港北角英皇道 499 號北角工業大廈 1 樓 B
電話：（852）2137 2338
傳真：（852）2713 8202
電子郵件：info@chunghwabook.com.hk
網址：http://www.chunghwabook.com.hk

發行
香港聯合書刊物流有限公司
香港新界荃灣德士古道 220 - 248 號
荃灣工業中心 16 樓
電話：（852）2150 2100
傳真：（852）2407 3062
電子郵件：info@suplogistics.com.hk

印刷
美雅印刷製本有限公司
香港觀塘榮業街 6 號海濱工業大廈 4 樓 A 室

版次
2023 年 7 月初版

規格
16 開（210mm x 145mm）

ISBN
978-988-8860-45-6